成长·时光书系

铁城纪事

TIECHENG
JISHI
Ma La

马拉 著

山西出版传媒集团 北岳文艺出版社

·太原·

图书在版编目（CIP）数据

铁城纪事 / 马拉著 . — 太原：北岳文艺出版社，
2023.4

ISBN 978-7-5378-6669-9

Ⅰ.①铁… Ⅱ.①马… Ⅲ.①短篇小说－小说集－中
国－当代 Ⅳ.① I247.7

中国国家版本馆 CIP 数据核字（2023）第 006466 号

铁城纪事

马拉◎著

出品人
郭文礼

选题策划
王朝军

责任编辑
王朝军

书籍设计
张永文

印装监制
郭　勇

出版发行：山西出版传媒集团·北岳文艺出版社

地址：山西省太原市并州南路 57 号　邮编：030012

电话：0351-5628696（发行部）　0351-5628688（总编室）

传真：0351-5628680

网址：http://www.bywy.com　E-mail：bywycbs@163.com

印刷装订：山西人民印刷有限责任公司

开本：787mm×1092mm　　1/32

字数：143 千字

印张：7.875

版次：2023 年 4 月第 1 版

印次：2023 年 4 月山西第 1 次印刷

书号：ISBN 978-7-5378-6669-9

定价：58.00 元

目录

沈先生字复观

　　苏植苓从日本到访中国，他要办一件大事。临行之前，苏思木一再交代，别的事可以不办，这件事一定要办到。他给了苏植苓一个黄花梨盒子，打开一看，里面装了一张纸，叠得整整齐齐，还有两块玉。苏植苓正想打开看看，苏思木说，你就别看了，你爷爷写的祭文。你回去，找到沈先生的墓，把这祭文在沈先生墓前烧了。这两块玉，送给沈先生的后人。苏植苓说，这么多年了，也不知道能不能找到。苏思木说，要是容易，我也不用特别交代你了。作为日本最著名的天体物理学家，苏植苓受邀到北京参加第八届国际天体物理与宇宙学年会。他参加这次会议，引起了国际学术界的广泛关注。近十年，苏植苓被学术界视为最有可能获得诺贝尔物理学奖的科学家，他的研究成果被誉为天体物理领域三十年内最具突破性的进展之一。

　　从东京飞往北京，航程四个小时左右。中午十二点零五分，苏植苓乘坐的 CZ4853 次航班降落在首都国际机场。落地那一瞬间，苏植苓有点恍惚，五个小时前，他还在东京羽田机场准备登机。现在，他到了北京。这是苏植苓第一次到北京。这些年，他到全世界很多国家参加过学术会议，足迹遍布亚非欧美。仅在亚洲，他去过韩国、新加坡、印度、以色列、土耳其，却没有去过中国。他还记得有次他在南非开普敦遇到一位中国科学家，会议结束后，他们一起喝咖啡。他问起中国的情况，对方感到非常惊讶，没想到他没有去过中国。他理解对方的惊讶，他的姓氏说明他属于华裔，他不应该没有去过中国。这些年，苏植苓接到过不少中国科研机构的邀请，总是莫名其妙地错过了，完全没有刻意的成分。这次会议还在筹备阶段，苏植苓接到了邀请，那是一年前的事情了。他答应了。离会议日期越来越近，苏植苓担心会出什么特别的状况，还好，一切顺利。他来到了中国。来接苏植苓的是一位年轻的大学生，正在清华大学念博士，还不到三十岁。见到苏植苓，他有点紧张。一开始，他尝试用日语和苏植苓交流，苏植苓笑了起来，他有一口流利的中文。从小到大，中文是家里唯一使用的语言。我还担心您不会中文，没想到您中文这么好。博士说，我查过资料，这好像是您第一次来中国。苏植苓说，第一次，不过，我感觉我对这儿很熟悉。他看着窗外，路边的柳树正绿，北京城种了这么多柳树。他看到的景象，和他在网上看到的资料差不多。

　　会议议程五天。前三天学术交流，后面两天，主办方安排参观故宫、长城等等。苏植苓和主办方请了假。这两天，他还有两场活动。一场到中科院物理所交流，另一场到北大做讲座。他没想到，会有那么多人来听讲座。他的研究方向艰深晦涩，并不好懂。引力波被观测到后，大众对宇宙的兴趣被激发出来。他还是没想到，会狂热到这种程度，走道里面都挤满了人。虽然，在后面的交流环节中，苏植苓发现他们对宇宙学并无多少理解。他们关心的更像哲学问题，而不是科学问题。三天会议，两场活动，这对苏植苓来说强度说不上太大。他早就习惯了这种节奏。离开北京之前，苏植苓和主办方联系了一下，说他想去铁城。主办方有点意外，还是问他，您需要什么帮助？苏植苓说，不用了，我自己去就好了。主办方说，苏教授，您第一次回国，对国内的情况可能不太熟悉，还是有人陪着好一些。主办方想安排两个年轻的学者陪苏植苓一起去铁城，一来方便照顾苏植苓，另一方面也想加深他们和苏植苓的交流。苏植苓坚决不要，说办点私事，不用这么大阵仗。即便如此，主办方还是给了苏植苓两个电话说，您到了铁城，要是有什么事情，给他们打电话，都是同行。苏植苓谢过，订了从北京到广州的机票。

铁城离广州不远，坐轻轨四十来分钟。苏植苓早早订了酒店。到了酒店，他好好洗了个澡。洗完澡，坐了一会儿，他给苏思木打了个电话，告诉他他到铁城了。苏思木说，你拍点照片，带回来给我看看。经常听你爷爷讲铁城，到底是个什么样子，我没有见过。苏植苓说，这么多年了，怕也不是以前的样子。苏思木说，再怎样，也是故土。挂掉电话，苏植苓在酒店房间窗前站了一会儿。天还没有黑，太阳将落未落，余晖斜洒，把高大的建筑切出一块块灰暗的阴影。屋顶多是灰白色，他想起布达佩斯的屋顶，浓烈的红色。一条河从城市中间流过去，河流的两岸满是青翠的树木，他还能看到两座索拉桥。桥边上，巨大的摩天轮。这里和北京，太不一样了。苏植苓对铁城几乎没什么了解，偶尔听苏思木说几句。苏思木知道的那点东西，也是听说的。他听苏思木说过烟墩山，山上的寺庙。据说站在烟墩山上，望得见伶仃洋的雾气。人生自古谁无死，留取丹心照汗青。就是那个伶仃洋。苏植苓把盒子从行李箱里拿了出来，摆在电脑桌边上。他想，这么多年，终于回家了。

早上起来，用过早餐。苏植苓去到前台问，烟墩山怎么走？服务生说，烟墩山啊，很近的，你出门左拐，一直走一直走，走上两公里左右，右手边有个牌坊，上面写了"烟墩山"三个字，那里就是了。苏植苓说，这么近。服务生说，铁城小，去哪里都近。苏植苓说，这么说，我在房间能看到烟墩山了。服务生笑了，那倒不行，方向不对。出了酒店，太阳大了，明晃晃得耀眼。路边上树荫浓密，种的多是杧果和榕树，典型的中国南方城市。街上人多，他们说的话苏植苓听不懂。走了快二十分钟，苏植苓看到了"烟墩山"三个红色的大字。从山脚望上去，不高，杂树丛生，一条石板路从牌坊下通往山上。苏植苓没想到烟墩山在这么热闹的地方。他以为烟墩山应该偏远清静，至少不该出现在步行街中部。苏植苓站在对面拍了张照片，发给苏思木。一会儿，苏思木回信息，原来是这个样子。苏植苓沿着石板路上山，路两旁多是松树，散发出青郁的气息，针尖般刺进他的肺里，一阵阵愉悦。走过松树林，接着一片竹林，楠竹高高大大，直直地插上去。竹林里见不到土，积满厚厚一层落叶。他想到里面踩一脚，或者躺下来。在日本，他看多了樱花，竹林也不少，却收拾得干净，不似这里任由叶子落着。山上人少，偶尔有人经过，多是谈恋爱的年轻人，或者锻炼的老人，像他这样闲散的中年人，几不可见。绕到半山，一座寺庙出现在苏植苓面前，他知道那是西山寺。苏思木和他讲过，烟墩山上有座西山寺，据说是北宋末期修建的，近千年的历史了。他不知道的是西山寺两次毁于战火，一次毁于人祸。眼前的这座，修好不过三十来年。苏植苓到西山寺里走了一圈，寺不大，修得还算讲究。他没碰到一个和尚，连游客都很少，两三个，还是四五个的样子。寺庙清寂，苏植苓体味出好来。既然是寺庙，有晨钟暮鼓，悠悠一炉香足矣，哪里要那些吵吵闹闹的东西。他在禅院里发现了一池荷花，池水从山上引过来。池塘的一壁依着连山的石壁，水正是从那里一线线流进池里，间或一两声水响，像是有石子掉进了池塘里。石壁靠水近的地方长满了黄绿的青苔，石头缝里一丛丛的灌木，有的开了花，红红黄黄的一簇，倒映在水里，煞是漂亮。池塘里的龟倒是肥大，懒洋洋地浮在水面上。苏植苓在池塘边坐了一会儿，荷叶在阳光里绿得晃眼，他在廊下，阴沁沁的舒爽。

拍了几张照片，苏植苓去了山顶。山顶有个小小的亭子，四野空无一人，微风来袭。他擦了擦汗。一路走上来，他有点热了。站在亭子里，苏植苓远远地看到一团白气，他知道那是伶仃洋。沿着伶仃洋北上，再往东，可以达到日本，那也是他祖辈走过的线路。苏植苓绕着亭子录了一段视频，又坐下来，望着远处的伶仃洋。坐了一会儿，苏植苓下了山。他要去找旧时的铁城。他不知道，旧时的铁城围在烟墩山脚下，剩下的只有两条老街。从烟墩山下来，苏植苓打了辆车，他对司机说，师傅，麻烦你带我去铁城老城区。师傅说，这里就是了。苏植苓说，这里哪里像老城区。师傅说，铁城哪里还有什么老城区，这么小一个城市，该拆的都拆了，只剩下两条老街，据说一百多年了。苏植苓说，那你带我去那两条街。师傅说，破破烂烂的，没人住了，估计也快拆了。早就该拆了，横在那里碍事，要不是地皮贵，政府早就把它拆了。苏植苓笑了笑说，还好没拆，一个地方总得留下点东西。到了老街，苏植苓来回走了两遍。街道窄小，勉强能错开车，沿街都是独门独户的小院，院里种着果树，有荔枝、龙眼、杧果、枇杷等等。多数关着门，悄无声息的，几条土狗在街巷里懒洋洋地散步。街巷说不上脏，也不算太破败，暮气却是重的，像一个垂死的老人。

逛了一天，回到酒店，苏植苓累了。他有好久没有走这么多路了。他翻开手机，照片拍了不少，满意的不多，大同小异。他挑了二十多张发给苏思木，他想他应该会感兴趣。苏思木交代的事情，他还没有办。到了铁城，他发现，如果仅仅靠他，没办法完成任务。铁城变化太大了，他对这个城市几乎一无所知。苏植苓找到那个号码，看了看名字，王竟力。电话拨通了，里面传来一个热情的男声。他把情况大略讲了一遍，王竟力说，苏教授，您看这样好不好，今天有点晚了，就不打扰您休息。明天一早，我去酒店找您，您看怎样？苏植苓说，那再好不过了，实在是太麻烦您了。王竟力说，苏教授，您太客气了，您要到铁城来，我前天就知道了，只是不好打扰您。明天八点，我到酒店大堂和您碰头。挂掉电话，苏植苓有种预感，明天一天，怕是干不了什么活儿。虽然他此前没有来过中国，却听同事讲过，中国人的热情让人害怕。他在电话里一再交代，只是一点私事，千万不要兴师动众。王竞力说，苏教授，您放心。别的不敢说，这个事包在我身上。在铁城教了这么多年书，人我多少认识一些，也有不少学生，都能帮得上忙。

苏植苓早早起了床，他给王竞力准备了一份小礼物。那还是年会上的赠品，口袋书大小的一块红木木刻，上面有太阳系的星象图，做得很是精巧，苏植苓蛮喜欢。苏植苓七点四十分出房间，七点四十五分到了酒店大堂。一进大堂，他看见了王竞力，他正坐在大堂的沙发上抽烟。苏植苓快步走过去，伸出手说，王教授好，真是不好意思，麻烦您了。王竞力连忙掐灭烟头说，苏教授，您太客气了。经常读您的文章，这次见到真人了，荣幸之至。两人寒暄了几句，王竞力对苏植苓说，苏教授，您看这样安排合不合适。昨天晚上听完您的电话，我给我社科联的朋友打了电话，让他们帮忙找个铁城文史专家，您的那些问题，怕是只有他们知道。说实话，您要问我，我也不知道。早上我朋友回复我了，说是找到人了，不过要晚上才有空，就约了晚上一起吃饭。上午我陪您到我们学校转转。也怪我多嘴，听到您的电话，我一激动，和我们院长说了一声。院长听说您在铁城，让我无论如何请您去学校看看。说实话，我们这个破学校，不值得去。不过，院长既然交代了，我也只好厚着脸皮说一声，您看情况，不去也没关系。

话说到这个分上，人家又帮忙约了人，苏植苓只好说，可以的可以的，我上午也没有什么安排，能去贵校参观，好得很。见苏植苓答应了，王竟力连忙说，谢谢苏教授，太感谢您了，您这是对我们工作的巨大支持，对我们师生也是一种特别的鼓励。您放心，没别的意思，上午您就去我们学校走走看看，和老师学生见个面，说几句鼓励的话。中午我们去镇上吃饭，伶仃洋边上。吃完饭，到海边看看。您昨晚也说在西山寺看到伶仃洋了，远观不如近看，那总是不一样的。到了晚上，小范围吃个饭，主要是您和专家交流，您有什么问题，尽管问，铁城那些边边角角的历史，也只有他知道了。不瞒您说，他的书，我也看过两本，那还是蛮有意思的。铁城地方小，人才还是出了不少。民国时期，出过一个总统、四个副总理，那是不得了的事情。闲扯了一会儿，王竟力接了个电话。放下电话，王竟力说，苏教授，车快到了，我们先去学校转转。苏植苓说，好的，听您安排。说完，将木刻星象图递给王竟力说，这次来得匆忙，也没给您带什么礼物。这个还是前几天在北京开会发的纪念品，倒也有些意思，送给您做个纪念。接过礼物，王竟力说，苏教授，您真是太客气了，您看，我都没有给您准备礼物。苏植芩说，我这个事情，要麻烦您了。王竞力说，能为苏教授办点事，那是我们的荣幸。

等车来了，苏植芩和王竞力去了铁城科技大学。这所大学，苏植芩以前没有听说过。从北京过来之前，别人给了他两位老师的电话，他没想过要用上。让苏植芩意外的是铁城科技大学校园居然不错，设计颇有水准，一点没有地方大学的局促气，甚至说得上古朴敦厚。校园里有不少雕塑，虽然看得出模仿古希腊和欧洲文艺复兴时期的风格，艺术性却也不差。这让苏植芩印象好了些。在校园里转了一圈，王竞力带苏植芩去办公室坐了一会儿，和院长聊了几句天。不可避免地，院长介绍了学院的基本情况，别的倒也没说什么，大概是明白，苏植芩的资源，他们用不上，也就懒得说了。想见苏植芩，更多的可能真是出自对同行的钦佩。中午吃过饭，去了伶仃洋边上，海浪昏黄，全然不是烟墩山上看到的那样一团白气。岸边的礁石缝里，一堆堆红白相间的垃圾。海水平静，几乎没有波澜，海岛细而孤立，青黝的一团。这些，苏植芩没什么兴趣，这个海，实在有些难看。他有点担心，怕晚上的聚会出状况。王竞力看上去大大咧咧的，不像个严谨的科学家，倒有些政客的气味。他说找好了专家，这个专家专到什么程度，能不能解决他的问题，他一点把握都没有。不过，事已至此，那也只能顺着走下去。再坏，也不会比自己到处乱撞坏了。

　　傍晚，到了约定的地方，一家私房菜馆，环境不错，带个小院子。逛了一天，苏植苓腿有点酸，他和王竟力坐在院子里喝茶。王竟力看了看表说，约的六点半，还有个把小时，我们先喝杯茶。王竟力问起苏植苓和铁城的渊源，苏植苓说，据说祖上是在铁城，具体情况我不太清楚，毕竟那么多年了。王竟力说，铁城老城区原住民姓苏的少，镇上倒是有苏姓的。苏植苓说，说不定我祖上在镇里。想了想，苏植苓对王竟力说，王教授，今晚请的专家是铁城本地人吗？王竟力说，土生土长的土著，研究铁城文化四五十年，全世界怕是没人比他更懂铁城了。苏植苓说，那我就放心了。王竟力说，如果他搞不清楚，您也别费力了，没用的。这些年，铁城发展太快了，除了个名字，什么都没剩下。喝了口茶，王竟力说，对了，提醒下，您看到他别觉得奇怪。王竟力这么一说，苏植苓好奇心上来了，为什么会觉得奇怪？王竟力说，这老头胖，五大三粗，像个杀猪的，全然没一点读书人的样子。苏植苓说，那倒也有趣。两人正说话间，一个胖头陀般的汉子晃了进来。见到汉子，王竟力说，真是背后说不得人坏话，说谁谁到。说罢，起身打招呼，陈老师，好久没见了。胖头陀笑嘻嘻的，这么久没见，都还活着，不容易不容易。苏植苓扫了胖头陀一眼，光头，油光闪亮，脖子上两道肉褶子，脸色红润，像是刚喝过了酒。手鼓鼓囊囊的，熊掌一般。肚子摇摇晃晃地挺出来，遮住脚尖。王竟力侧过身，给苏植苓介绍道，这是陈寂深老师，研究铁城的大行家，一肚子掌故。陈寂深一张大脸连连晃起来，我算什么狗屁行家，从小在铁城摸爬滚打，听了几个故事而已。王竟力又给陈寂深介绍，这是苏植苓教授，从日本回来的，祖籍铁城。说出来吓死你，苏教授是国际著名的天体物理学家，迟早要得诺贝尔奖的。王竟力介绍完，苏植苓连连摆手说，夸张了夸张了。倒是陈寂深淡定，他说，什么奖不奖的，都是人设人得，我看也没有那么了不起，苏教授还不一定看得上。说罢，"哈哈"笑起来，我就看不上，反正我又得不到。陈寂深说完，三人都笑了。在院子里闲扯了一会儿，人来齐了，上桌吃饭。

上了菜，王竟力开了酒。苏植苓连忙说，我不喝酒，喝不得。王竟力放下手里的白酒瓶说，喝不得白的喝点红的，总归要喝一点。你是不知道陈老师的脾气，喝了酒一堆堆的故事，没喝多他舍不得讲。苏植苓只得倒了杯红酒，小口小口地抿，带着客气和小心。他看着陈寂深，一个胖头陀，大口喝酒，大口吃肉，他身体里的油像是要从衣服里冒出来。苏植苓担心他的皮肤捆不住，那一坨脂肪要是摊开，得占不少地方。他不太相信陈寂深懂铁城，他怀疑王竟力随便找了个人来忽悠他，这种感觉不太好。眼看陈寂深快要喝多了，苏植苓不得不放下酒杯，拉了拉王竟力的袖子小声说，王教授，陈老师要喝多了吧？王竟力说，放心，他没事。说完，像是想起了什么，对了，你的事情你问他，直接问，不要藏着，也别不好意思。苏植苓举起杯子，和陈寂深碰了下说，陈老师，不瞒您说，这次回来，我有个任务，给沈先生扫个墓，顺便把我爷爷写的祭文给烧了。陈寂深说，明白，他们和我说过了。苏植苓说，你看，我对铁城不熟，资料也缺乏，确实不知道从哪里下手，您能不能指点一二。陈寂深擦了擦嘴说，你太奶奶是日本人吧？陈寂深说完，苏植苓愣了一下，点了点头。陈寂深说，那就对了。你姓苏，找沈先生，你太奶奶日本人，故事就全了。桌子上的人看着陈寂深，陈寂深慢悠悠地说，苏教授这次回来，故事该有个大结局了。

　　沈先生还记得那晚，月色很好，微薄的云层时不时遮住月亮，烟雾似的飘过去。他正坐在院子里喝茶，茶几上摆了时鲜的水果，一碟枇杷，一碟切了片的洋桃。沈先生喜欢院子里那棵枇杷，一到了季，结得用力，果也大，有初生鸡蛋大小。不说吃，黄嫩嫩地摆在盘里，看着也舒服。剥了皮，放进嘴里，鲜甜多汁，那清爽的口感，扎实凛冽，人也干净了。沈先生肺不好，经常咳嗽，特别是春季，每天晚上咳得厉害。都说枇杷润肺，这树枇杷先尽着沈先生。沈先生不以为然。当季的水果，不吃就坏了，沈先生让人摘下来，分出去，不担独占这一树枇杷的名声。家人都笑沈先生迂腐，说一说的事情，这么当真，真是读书读坏了。沈先生也不恼，坏就坏了，科举废了快二十年，也不指望读书进仕。这两年，铁城兵荒马乱，匪盗四起，打家劫舍的事情时有发生。沈先生原本是个读书人，教书为业，不得不干起了武人的事业。

沈先生吃了三个枇杷，又喝了杯茶。听到门外有敲门声，沈先生起身，走到门口，打开门，他看到一个妇女带着两个孩子站在门外。那妇女的装束和眉眼，不太像铁城人。沈先生问，你找谁？女子低眉顺眼地说，我找沈先生。听到女子的口音，沈先生确信女子不是铁城人。沈先生侧过身，把女子让进院子，又让家人摆了茶。他问，你找我有什么事吗？女子说，我想请先生教我两个孩子读书。沈先生看了两个孩子一眼说，读书送学堂就好了，不必来找我。女子说，我听说过先生的学问文章，也知道先生带学生。沈先生说，那不是学生，那是我家族的子弟。女子说，先生既然开馆收徒，又何必限于家里子弟。沈先生看了女子一眼，脸色平平淡淡的，不卑不亢，谈吐之间和铁城女子的柔顺似有不同。沈先生问，这是哪家的孩子，看着眼生。女子笑了下，要是先生肯收下这两个学生，我自然会告诉先生这是哪家的孩子。沈先生想了想说，这个时节，还有大人想着送孩子读书，也不容易，学生我收下了。女子弯腰鞠躬，谢过沈先生说，那以后要先生费心了。沈先生说，你还没告诉我这是哪家的孩子。女子说，苏家的，苏三炮。女子说完，沈先生脸色一变，你就是那个日本女人？女子微微颔首，远藤静子，先生叫我静子就好了。沈先生说，荒唐，我怎么能收海盗的儿子做学生。

　　大清朝亡了，局势失控，各地豪强林立，中国乱得像一团麻。整个中国乱了，铁城虽然偏远，也没好到哪里去。不光山上有小股土匪，海上也有了海盗。山上的还好说，多是本地的匪帮，不成规模，顶多干干拦路劫径的勾当。海上的就麻烦了，聚集的多是亡命之徒，极少本地人。铁城上次出现大规模的海盗还要追溯到明朝。那时，东南沿海一带出现严重的倭患，他们烧杀抢掠，动静大到惊动了朝廷。福建一带倭患最为严重，到铁城的虽是小股，这种流窜犯却也难搞，铁城的百姓苦不堪言。没想到的是几百年后，铁城又来了海盗，领头的正是苏三炮。据说苏三炮从沈阳过来的，日俄战争之后，俄国战败，撤出了东北，日本势力在东北迅速扩展。苏三炮那时还年轻，他搞了个日本女人，据说是日本军官的女儿。东北不能待了，苏三炮带着日本女人一路南下，在伶仃洋上做起了海盗。伶仃洋上岛屿众多，苏三炮带着一帮兄弟横行海上，不光抢劫海上过往的船只，也抢地上的人家。最严重的时候，他还攻打过铁城县城。那一仗，沈先生还记得。天还没亮，苏三炮派到城里的海盗偷偷开了城门，苏三炮带着两百多个海盗杀进了县城。等城里的守军反应过来，慌慌张张地抵抗，已经来不及了。海盗砍瓜切菜般把守军打得落花流水，作鸟兽散。沈先生跑到街上，只看到拿着长刀冲杀的海盗和四散的百姓。不到三个时辰，海盗把县城洗劫一空，迅速退回了伶仃洋。也是那一仗，让沈先生下定决心组建民团，官府是靠不上了。那几年，沈先生带着民团剿过匪，效果显著。山上的土匪本就不成规模，一打一劝，土匪下山从了良。沈先生头疼的是海盗。他们平时待在海上，伶仃洋上那么多岛屿，鬼知道他们躲在哪里。就算知道，凭沈先生手上的那几条破渔船，也不是海盗的对手。沈先生出过海，他想找苏三炮谈谈。在海上转悠了几天，沈先生晒黑了，皮脱了一层，连海盗的影子也没见到一个。他没找到海盗，海盗的女人却找到他了。

　　沈先生看了看两个孩子问，你真是苏三炮家里的？远藤静子说，又不是什么清白声誉，哪个想顶冒。沈先生说，你好大的胆子，苏三炮四处作恶，我恨不得杀了他，你居然敢带着两个孩子过来，还想做我学生。远藤静子说，苏三炮虽然是个海盗，可我不想把孩子耽误了。我打听过，先生的学问人品在铁城有口皆碑，能拜在先生名下，那是孩子的福气。沈先生说，你为什么要告诉我这是苏三炮的孩子？远藤静子说，我不想骗先生。沈先生长叹了一口气说，冤家，也是荒唐。你把孩子带回去吧，铁城人对苏三炮恨之入骨，要知道这是他的孩子，那还不得把他们吃了。远藤静子微微笑了笑说，只要先生愿意收下这两个学生，别的我不担心。沈先生说，这话怎么讲？远藤静子说，普通百姓，哪个敢杀人。再说了，要是真被杀了，那也是他们的命，我不怪先生。想了想，沈先生说，我可以收下这两个学生，我想见见苏三炮。远藤静子说，只要先生肯收，这事我来安排。沈先生说，那好，孩子我留下，住我家里。你回去，没事不要来，招风声。远藤静子说，那谢谢先生了。说罢，拿了三根金条递给沈先生，我知道先生不图钱，做学生总要有做学生的规矩。沈先生看了金条一眼说，也不知道是哪家的血汗，你拿回去吧。远藤静子收回金条，摘下手镯说，这个我祖上传下的，干净。沈先生脸色一变，你把我看成什么人了？远藤静子看着沈先生说，如果先生什么也不要，我心里过意不去。沈先生说，我说过了，我想见见苏三炮。送走远藤静子，沈先生回过头对两个孩子说，记住，不要跟任何人说你爹是苏三炮。

　　隔了半月，远藤静子来了，还是月夜。见到远藤静子，沈先生说，两个孩子资质不错，落在海盗窝里，可惜了。远藤静子说，幸亏还有先生教导。沈先生说，教了又有什么用，还不是要去做海盗。远藤静子说，先生，那倒不一定了。海盗也不是长久的营生，这是乱世，等天下太平了，海盗自然没了。沈先生说，一时怕是太平不了。远藤静子说，先生，我这次来，是想和您说，三炮想请您过去坐坐。沈先生说，那好。远藤静子说，明天一早，我陪您过去。今天晚了，不打扰先生休息。说罢，起身准备走。沈先生说，不见见孩子？远藤静子说，在先生这里，我放心，看一眼反倒更惦记。沈先生说，那也好。等远藤静子走了，沈先生在院子里来回踱步。天上一轮明月，地上树影摇晃。他想见见苏三炮，他该说点什么？到了后半夜，沈先生暗自摇了摇头，他发现他想见苏三炮最大的原因是好奇。他打不过苏三炮，也不可能三两句口舌改了苏三炮的营生，他为匪做盗十几年，怎么可能听几句话就变了。苏三炮两个孩子倒是资质不错，比家族里的子弟要好，这真是讽刺。

　　天一亮，沈先生洗漱完毕，吃过早餐，去开院门。一打开门，看到远藤静子站在门外。沈先生说，什么时候到的，怎么不敲门进来？远藤静子笑了笑说，太早，怕打扰先生。沈先生说，哪里的话，我这个年纪，醒得早。两人到了海边，早有一条船等在那里。沈先生上了船，远藤静子说，先生是读书人，海盗窝里都是一帮莽汉，也不识个礼节，要是有什么冒犯，还望先生海涵。沈先生说，不瞒你说，我想起了戚将军。远藤静子笑了起来，不怕先生笑话，我祖上据说有不少人是被戚将军杀掉的。沈先生说，看来做海盗算是府上的家业。远藤静子说，以前做武士，实在没有办法才做了海盗。后来，也上了岸。沈先生说，听说令尊也是武官。远藤静子眼睛一红，我对不起他。沈先生说，他又何尝对得起我们的百姓。远藤静子说，沈先生，我们今天不说这个。家国的事，我们女人管不了，我不过嫁了个喜欢的人，生了两个孩子。这男人是官是匪，那都是我男人。我把两个孩子送给先生门下受教，也是希望以后有个出路。船在海上走了一个多时辰，靠在一个小岛上。远藤静子对沈先生说，沈先生，到了。上了岸，早有海盗在路边等着。见到远藤静子，恭恭敬敬，有些畏惧的神色。到了半山，沈先生看到一个身影远远地迎了过来。等人近了，沈先生看清是一个高瘦的中年人，脸上胡子刮得干净，青黑的板寸紧紧贴着头皮，眼睛里凌厉地发出光来，不见得凶悍，自是有股慑人的气劲。见到男人，远藤静子说，三炮，沈先生来了。苏三炮作了个揖说，麻烦沈先生到岛上来，还请先生见谅。沈先生看了看苏三炮，不过像个精干的渔民，你就是苏三炮？苏三炮说，怕是让先生失望了。沈先生说，有点意外。苏三炮说，恶人坏人不单是个外相，有些恶人看相倒比好人还要周正些。沈先生说，也有这个道理。

把沈先生迎进山林中的窝棚，苏三炮说，沈先生，环境简陋，还请您多担待。从外面进来时，沈先生留意到，海盗生活条件简陋，和岸上比，差了不少。苏三炮住的这间，算是好的，也不过是几块毡布拉起来，摆了张桌子和几条长凳。远藤静子端了茶杯进来，给沈先生泡茶。苏三炮给沈先生敬过茶说，听静子讲，先生想见我。沈先生说，你应该知道，这几年我一直在剿匪。苏三炮说，知道，其实，我见过先生，只是先生没见过我。沈先生说，这也不稀奇，我在明处，你在暗处。苏三炮说，先生这次来有什么指教？沈先生说，指教不敢，我打不过你，想看看你什么样子，死也死在明处。苏三炮说，我知道先生看不起我，恨不得杀了我。可我想问下先生，我到底做了什么大恶的事？沈先生说，沿海的百姓没少受你的苦。苏三炮说，先生可知道我这名字的由来？沈先生说，听过。苏三炮每次上岸，先放三炮。听到三声炮响，就知道是苏三炮来了。苏三炮说，说起来我是海盗，三声炮响之后，我上岸能抢到什么东西？更不要说伤人了。我抢的船只，要么是官船，要么是外国的船。不信，你回去问问岸边的渔民，苏三炮什么时候抢过他们的船？我要是放开来抢，兄弟们也不至于活得这么窝囊。全世界的海盗，哪见过穷成这样的。沈先生说，你打过县城，杀了人。苏三炮说，我十几个兄弟关在牢里，我不能不管。沈先生说，你不该杀人。苏三炮说，我打的是官兵，不打他们，我救不了我的兄弟。沈先生冷笑一声，这么说来，你倒是侠义了。苏三炮说，这个名声我不敢当。古人说，宁为盛世犬，不做乱世人。碰上这个世道，我做这个，也只讨了个生活。先生要是不信，你去问问我这帮兄弟，哪个肚子里没有一江苦水，哪个不是活不下去才落了草？沈先生说，我不听你讲这个，你进了铁城，我就要打你，打不赢也要打。苏三炮说，沈先生，难得你来一次，今天不谈这个，你是先生，我敬你。一早我让人去岸上买了鸡鹅回来，置了酒席，想请先生吃个饭。沈先生说，我看不必了。苏三炮说，沈先生，我虽然是个海盗，道理还是懂一点。你愿意收我两个孩子做学生，我感激不尽。就算哪天，你把我抓起来，送到牢里面，这份恩情我永世不忘。

酒席摆在林间的空地上，桌上一碗碗肥壮的鸡鹅，少不了各色的鱼和虾蟹。海盗见到沈先生，都站起来，喊"沈先生"。苏三炮和远藤静子在沈先生左右坐下，端了酒杯。沈先生抬头望过去，伶仃洋上波涛平静，日光照在海面上，波光闪烁。沈先生举起酒杯说，这是文状元的伶仃洋啊，都说崖山之后无中华，这国怕是真的要亡了。苏三炮说，只要还有先生这样的人，这国亡不了。沈先生说，百无一用是书生，我能做个什么，连一方平安都保不了。苏三炮举起酒杯说，先生，这酒敬你。沈先生一饮而尽。远藤静子给沈先生加满，又给自己倒了一杯，双手端起酒杯，突然跪了下来说，知道先生为难，还请先生费心。沈先生连忙扶起远藤静子说，你这是做什么？远藤静子说，你收了海盗的儿子，迟早毁了你名节。沈先生说，我不管谁家的孩子，到了我那里，就是我的学生。我自然比不得孔圣人，也算是读过圣贤书的，一事归一事。那天，沈先生大醉。他们从中午喝到太阳掉进海里，沈先生吐了两次。苏三炮对沈先生说，先生，别喝了。沈先生大叫，拿酒来。喝到最后，沈先生眼睛血红，指着苏三炮说，你是海盗。苏三炮说，我是海盗。沈先生指着自己说，我是教书先生。苏三炮说，你是先生。沈先生说，我一个教书先生难道不比海盗懂得事理？苏三炮说，先生自然是懂的。沈先生说，有天我要是死在你手里，倒也是圆满了。苏三炮说，先生，你喝多了。沈先生说，我给两个孩子取个名字吧。苏三炮说，那感谢先生了，还劳先生赐名。沈先生说，大的立德，小的立仁，你看如何？苏三炮说，好。他倒上酒，敬沈先生，谢先生赐名。沈先生醉了。等他醒来，已是三更。他出了帐篷，岛上月光正浓，波涛一声一声。沈先生望着崖山方向，潸然泪下。

　　喝了杯酒，陈寂深晃了晃油光闪闪的肉脑袋，望着苏植苓说，你爷爷叫什么名字？苏植苓说，苏立德。陈寂深说，那是老大，这些事情你听他讲过没有？苏植苓说，没有，爷爷过世时我还小。陈寂深说，那真是太遗憾了，本来应该有些好故事的。我说的这些，和你太爷爷，也就是苏三炮有些关系。你爷爷那一辈的事情，后面没有记录，没人知道，只知道你太爷爷带着你爷爷他们去了日本。苏植苓说，你讲的这些，我也是第一次听说。真没想到，我祖上竟然是海盗。陈寂深说，你爷爷不愿讲，恐怕和这个也有关系，毕竟说起来还是不太光彩。苏植苓说，都是陈年往事了，说起来也是传奇，无所谓光不光彩的，当故事听就好了。陈寂深说，你能这么想好得很。你这次回来，真是烧个祭文，没别的事？苏植苓说，确实没别的事。陈寂深说，我有个不情之请，苏教授方不方便把祭文给我看看？苏植苓说，陈老师，这个恐怕不行。家父有交代，烧了即可，我想看一眼，家父也不让。陈寂深说，这样，理解，理解。不过，大致的内容，我应该能猜出来。昨天晚上，接到电话，我想你应该是苏三炮的后人。沈先生死去多年，能记得沈先生的人，铁城怕是没有了。也不奇怪，毕竟在铁城历史上，沈先生算不得什么重要人物。别说他没有功名，就是有个进士的功名，也要被后人冲淡了。铁城的名人，主要出在民国，这些年铁城政府也主要围着这些人做文章，像沈先生这种连秀才都不是的读书人，还有哪个会记得。陈寂深说完，苏植苓说，听陈老师这一讲，我倒是对沈先生有些兴趣。陈寂深说，我说的这些，其实也没有经过严格考证，民间有些故事，沈先生后人也还在。说起沈先生的故事，他们也是将信将疑。毕竟好些年前的事，过了三代，没人记得，人就真的死了。大致上，沈先生是个读书人，据说学问极好，参加过县试，却连秀才都没考上。再后来，科举废除，沈先生年纪也大了，新式学问做不来，也没那个心境。他的那点故事，主要和你太爷爷有关，海盗和读书人牵扯到一起，那是有意思得很。当然，沈先生组织过民团，打过土匪，这个县志有过几句记载。苏植苓说，陈老师，您知道沈先生埋在哪里吗？我去把祭文烧了，了了我爷爷的心愿，也算完成一件大事。陈寂深说，大致的位置是知道的，不过，要找到准确位置，还要花点时间。这样，明天让王教授陪你去崖山转转，感受一下。我去找找沈先生后人，搞清楚位置。后天，我陪你一起去拜祭，给老先生烧个纸，算是后学的一点敬意。

从海岛回来，沈先生埋头教书，懒得理外界的事情。科举早停了，眼下学校教的都是新式学问，沈先生不懂，他还是教他的古书。每次看到苏三炮的两个孩子，沈先生会忍不住问自己，为什么要教这两个孩子？想归想，他对苏立德苏立仁两兄弟要求更严格些，他们不要再回到海上了，不要再做贼。他想起苏三炮在岛上和他说的话，把孩子送给沈先生，等于放了两个人质在他手里。他不要命，两个孩子的命他要。等到学生都散了，各自回家，偶尔，沈先生会对两个孩子说，人立于天地之间，须清白正气。没有了这口气，活着和死了又有什么分别。他从来没向两个孩子问过苏三炮的事情，如果他问，他想他们会说的。每个月，到了月圆，远藤静子来看孩子。她到的时候，沈先生多是刚吃过晚饭，坐在院子里乘凉。南方的天气，一年四季，多数是热的，只有两个月略冷，不过是多加两件衣衫。刚开始，沈先生以为是凑巧，后来发现了，知道远藤静子特意等他吃完饭再过来。沈先生说，你过来看孩子，一起吃个饭，就不要在外面吃了。远藤静子说，已经打扰先生了，不好太过打扰。沈先生说，哪里的话，加副碗筷而已。沈先生说过了，下次再来，还是那个时候，沈先生不说了。远藤静子过来，沈先生把两个孩子带出来，自己走开。见到母亲，两个孩子面露喜色，看得出高兴来，动作上却也规矩有理。看看孩子，说上几句，远藤静子让他们去找沈先生。沈先生过来时，远藤静子多半静静坐着，身子挺直，端庄有素，见了沈先生，起身弯腰鞠躬。沈先生说，你也不必太客气了。两人说一会儿闲话，远藤静子从不问孩子的状况，沈先生说起，她听着。有次过来，远藤静子带了两块玉，还有一尊青铜佛像。沈先生说，你这是干什么，都说过了的。远藤静子说，先生有先生的意思，我不能失礼，还请先生收下。沈先生说，太贵重了，看这玉的成色，怕是汉代的东西，这佛像该是南北朝的吧。远藤静子说，先生好眼力，这些东西到先生这里，算是落到了好处。放我手上，谁知道哪天到哪里去了。沈先生连连摆手，这么贵重的东西我不能收。远藤静子说，先生言重了，都说乱世黄金盛世收藏，现世这些东西也值不了几个钱，送给先生是个意思。沈先生还在推辞，远藤静子说，先生硬是不收，我只能带着两个孩子回到海上。沈先生看了远藤静子一眼说，那我先帮你收着。远藤静子说，多谢先生了。沈先生送过远藤静子一次礼物。那是次年春天，树上的枇杷熟了。远藤静子看过孩子，准备走，沈先生说，我也没什么东西送你，正好枇杷熟了，这果子结得爱人、甜润，我给你摘一点。远藤静子说，那谢谢先生了。沈先生摘了一些枇杷，递给远藤静子说，你带回去，孩子在我这里，你放心。远藤静子接过枇杷，看了看沈先生的院子说，这个乱世，沈先生还有一个院子，多少人羡慕。沈先生说，说起这个院子，也是祖上传下来的，守着这点祖业，心里就安定了。院子里除开枇杷，还种了两棵芭蕉，叶子青绿宽大，漂亮得很，入得画来。枇杷树下，一方石桌，四个石墩，沈先生常在那里喝茶。远藤静子说，等哪天安定下来，我也要找个院子，种上两棵枇杷，学学先生的样子。沈先生笑，这也不是什么难事。远藤静子说，一时怕是实现不了。说罢，拿了枇杷，和沈先生道别。

两三年时间，铁城稍稍太平了些。苏三炮没有上岸，他带着海盗在伶仃洋上讨生活。再后来，官府和苏三炮打了起来。官府的人找到沈先生，对沈先生说，沈先生，政府准备打击海盗，苏三炮越来越猖狂了，专抢外国的船，外国的船那是抢得的？也不想想大清是怎么亡的。沈先生说，你们官家的事，我一个平头百姓管不了。来人说，先生的民团以前也是出过力的。沈先生说，这两年铁城没了匪患，民团散了。来人说，只要先生一句话，队伍还能组织起来。沈先生说，我老了，没有力气了，你们另请高明吧。来人走了，沈先生隐隐有点担心，远藤静子有四个月没来了，不会是出了什么事情吧。又过了个把月，黑漆漆一个夜里，沈先生听到了叩门声，他赶紧披着衣服起来，快步走到门边问，谁？是我，沈先生。沈先生连忙打开门，让远藤静子进来。刚坐下，沈先生准备去叫两个孩子。远藤静子说，沈先生，先不忙叫孩子，我有几句话想跟您说。沈先生坐下，看了看远藤静子说，几个月没来，我还怕你出了什么事情。

远藤静子说，有些事情先生想必听说了。沈先生点点头。远藤静子说，这几年辛苦先生教导，今晚我要把立德立仁带走。沈先生说，两个孩子在这儿好好的，怎么想到要带走？远藤静子说，三炮和官府打了几仗，孩子在这里迟早连累先生。沈先生说，我这把老骨头，虽说不值钱，也不见得有人敢动我。远藤静子说，万一先生有什么事，我心里过意不去。沈先生说，你有没有想过两个孩子？远藤静子说，先生此话怎讲？沈先生说，他们要是跟你回去，被官府抓住了，都是匪盗，不说杀头，怕也难得安身。远藤静子说，想过，那也是他们的命。沈先生说，你走吧，我不同意。他们一天是我的学生，我一天不让他们做强盗。远藤静子跪下来，对沈先生说，先生，那两个孩子就托付给你了。要是我和三炮都不在了，你让他们去沈阳找他外公。沈先生扶起远藤静子说，真有那天，我把他们当沈家子弟养他们成人。远藤静子喝了口茶说，我这次来，想和先生道别，以后怕是没机会见了。沈先生说，凡事往好处想，总有转机。远藤静子说，这次恐怕不行，三炮过些天要攻打县城。沈先生端着茶杯的手微微一颤，又打？远藤静子说，不能不打，官府和三炮在海上打了几仗，抓了他二十几个兄弟，说是过些天要杀头。沈先生吹了吹茶末，正色说，三炮不上岸，我不打他，他上岸，我必须要打。远藤静子说，先生，你打不过的，官家的事，你还是不要插手了。沈先生说，你告诉苏三炮，无论哪朝哪代，为匪做盗总是不对。各人有各人的苦处，不能说有苦处就去作歹。他手下被抓的，也没有谁被冤枉。你让他走，不要再来铁城。远藤静子说，打完这一仗，如果还活着，我们走。就这样走，我们走不了。沈先生说，那我在铁城等他。远藤静子说，那麻烦先生把立德立仁叫来，我带他们走。沈先生摆摆手说，你走，孩子暂且放在这里。在我这里，总比在你那里安全。如果我死了，自然有人把孩子给你送过去。如果你们有个三长两短，我养他们成人。远藤静子又给沈先生鞠了一躬，转身出门。屋外，黑漆漆一团。沈先生关上门，隐隐觉得有点冷。这一天，终于还是来了。

　　第二天天亮，沈先生把苏立德苏立仁叫到面前说，这些天，你们哪里都不要去，待在家里。又对家人交代，看紧这两个孩子，无论发生什么事，都不要让他们出门。交代完，沈先生去了祠堂，他要通知族人。一连几天，铁城和往常一样，平平静静的，沈先生心里一阵阵发紧。每天晚上，沈先生睡不着，他几乎是强睁着眼睛直到天亮。苏三炮，来吧，我在等你。沈先生一次次默念。苏三炮进城的那天，依然是悄悄的。城门打开，他们带着刀枪杀进城来。听到外面的喧嚣杂闹，沈先生赶紧起身。苏三炮带着队伍径直杀到监狱门前，离监狱越来越近，他看到了沈先生，孤独独的一个人影站在路上。队伍停了下来，苏三炮望着沈先生说，沈先生，请你让开。沈先生说，你要劫狱，除非先把我杀了。苏三炮说，沈先生，我不杀你，请你让开。沈先生说，你不杀我，你过不去。苏三炮说，沈先生，你不走，死的人更多，我没有时间。沈先生说，你回去。苏三炮说，我回不了。沈先生说，我也走不了。苏三炮说，沈先生，那对不起了。他对身边的人说，把沈先生请走。三个大汉冲过去，架住沈先生，拖开。沈先生挣扎着大叫，苏三炮，你杀了我，杀了我。海盗冲进了监狱，里面传来零碎的枪响，还有惊乱的叫喊。一会儿，苏三炮带着队伍冲了出来。到了海边，苏三炮让人松开沈先生说，沈先生，对不起。沈先生说，你还不如杀了我。苏三炮说，你是先生，我不能杀先生。沈先生说，你这和杀了我有什么区别？苏三炮说，我杀的是官兵，我没动先生的人，也没看到先生的人。沈先生说，我不能让他们白白送死。苏三炮跪在地上，给沈先生磕了三个头说，先生，你多保重。说罢，上了船。看着船开走，沈先生闭上了眼睛。回到家里，沈先生一副丧魂落魄的样子。在院子里坐了一会儿，沈先生把苏立德苏立仁叫到面前说，你们两个该回去了，这里你们不能待了。他等着远藤静子。

又是一个明晃晃的月夜，沈先生听到了叩门声。他打开门，远藤静子闪进院里。沈先生正想关门，远藤静子说，先生，还有一个人。沈先生说，让他进来吧。三个人在院子里坐下，苏三炮说，对不起，先生。沈先生摆摆手说，算了，过去的事，我是老朽了。远藤静子说，先生，我们要走了。沈先生说，去哪里？苏三炮说，离开铁城，去日本。沈先生说，也好，走了也好。你们等等，我叫两个孩子出来。等沈先生带着两个孩子出来，他打好了包裹。苏三炮说，先生的恩情我们永世不忘。说罢，带着远藤静子和两个孩子给沈先生磕头。沈先生说，赶紧走吧，再也不要回来，找个安生的地方，不要再做强盗了。回到船上，苏立德对远藤静子说，妈，先生交代，要把这个包裹给你。远藤静子打开包裹，看到她送给沈先生的两块玉、青铜佛像，还有一封信。读完信，远藤静子对苏三炮说，三炮，我们对不起沈先生。

吃完饭，回到酒店，苏植苓给苏思木打了个电话，把陈寂深讲的故事和苏思木讲了一遍。听完，苏思木说，明天记得把祭文烧了。苏植苓问，爸，爷爷的祭文里写了什么？苏思木说，你别管。苏植苓问，我们家祖上真的做过海盗？苏思木说，做过。苏植苓说，真没想到。苏思木说，我以为你能想到。苏植苓说，你从来没给我讲过。苏思木说，你看过《惶碌之兵》的。

苏思木说完，苏植苓一下子明白了。《惶碌之兵》是苏思木写的一本小说，在苏思木写过的书中，这本不太受关注，评论界认为这是一部失败的小说，故事虽然离奇荒诞，却过于松散，也不够深刻。苏植苓读那本书，也是当传奇故事来读。他想起那本书中有一个海盗，杀死了当地最有名的读书人，他被诅咒。在逃亡日本的海上，被飓风吞没。他死后，化身为海怪，日日夜夜对着大陆咆哮。身为海怪，它却不能见水，一旦入水，全身如同刀砍斧劈，剧痛不已。然而，这只海怪只能在海水里捕食，不然它会饿死。为了活下去，它要捕食，日复一日，它在痛苦中终日咆哮。如果要解除诅咒，它必须游过大海，在读书人的坟前砍下尾巴，从而再次转世为人。

　　和王竟力去崖山的路上，苏植苓突然想起了小时候见过的一幅画像。干干瘦瘦的一个老人，眼窝深陷，慈眉善目。画像是黑白的，摆在香案上，爷爷时常上香拜祭。苏植苓问过爷爷，那是谁？爷爷说，那是爷爷的先生。等爷爷过世，这幅画像伴着爷爷入土为安。他想，那可能是沈先生。这么说来，他也是见过沈先生的。到了崖山，王竟力站在山崖上，望着出海口说，这个地方也是有故事的，不知道苏教授听说过没？苏植苓说，大约知道一点。王竟力说，当年崖山海战后，南宋算是亡了，陆秀夫背着少帝赵昺跳海自杀，十万军民在此殉国。你看看这海水里，藏了多少血骨。苏植苓想象了一下，身上发冷，十万人，海上绵延不尽的尸体。王竟力说，昨天我们去了伶仃洋，当年文天祥过了伶仃洋，很快被俘，被押解到元大都，就是今天的北京。元世祖忽必烈亲自劝降，还承诺让他做中书宰相，文天祥宁死不屈，后来被杀了。从崖山回铁城的路上，王竟力接到了陈寂深的电话。挂了电话，王竟力对苏植苓说，沈先生的墓找到了。苏植苓说，那太好了，真是麻烦陈老师了。王竟力说，苏教授，有个不好的消息。苏植苓说，什么消息？王竟力说，先不说了，到了再说吧。我们先去跟陈老师会合。和陈寂深碰了头，苏植苓说，太感谢陈老师了。陈寂深说，先别忙着谢，我带你去看看吧。又开了半个小时的车，出了铁城城区，车停在一块空阔的工地前，四五台挖土机正在施工。陈寂深下了车，苏植苓和王竟力也下了车。陈寂深点了根烟，苏植苓望着他说，陈老师带我来这里干什么？陈寂深吸了口烟说，沈先生的墓就在这里。苏植苓愣住了。陈寂深说，这里原本是一块山坡，沈家的祖坟在这里。据沈家后人讲，沈先生和他们祖辈都埋在这儿。后来的人，基本都是火化，政府不让土葬。前两年搞开发，这块山地被圈了进来。你要是早一年回来，还能见见沈先生的墓。现在，你也看到了，推平了。在工地站了一会儿，苏植苓说，陈老师，我有个问题想请教你。陈寂深说，你讲。

苏植苓说，昨天你说，苏三炮劫狱之后，放走了沈先生，是真的吗？陈寂深说，大体上应该没错。苏植苓又问，不是苏三炮杀了沈先生？陈寂深连连摇头说，怎么会，苏三炮虽然是个海盗，也是认先生的，为什么这么问？苏植苓说，那沈先生怎么死的？陈寂深说，跳崖死的。苏植苓说，跳崖？陈寂深说，苏三炮劫完狱，解散了队伍，带着远藤静子和两个孩子辗转去了日本。过了不到两个月，沈先生就跳崖死了。苏植苓说，哪里的崖？陈寂深说，你刚去过了，崖山。苏植苓一阵沉默。陈寂深说，苏教授，有个事情我很好奇，想问问你，不知道方不方便？苏植苓说，陈老师尽管问。陈寂深说，关于沈先生和苏三炮的故事，我知道的，到苏三炮去了日本就结束了。后来怎样？苏植苓说，这个我确实不知道，可能我爷爷还知道一些，他没有给我讲过。陈寂深说，那算了。又问，这祭文还烧吗？苏植苓说，去崖山。

离开铁城那天，苏植苓请王竟力和陈寂深吃了个饭，聊表谢意。陈寂深对苏植苓说，苏教授有时间多回铁城看看，铁城虽然不是你的故土，毕竟也有一段关系。苏植苓说，那是自然，这次回来，如果不是陈老师帮忙，我真不知道从哪里下手。陈寂深说，一点小事，不足挂齿。苏植苓说，对陈老师说是件小事，对我来说却是大事，算是了了我爷爷的心愿，我也了解了我祖

上的一些故事，这些千金难买。两天前，陈寂深和王竟力陪着
苏植苓再次去了崖山，在崖山上，苏植苓烧了祭文。烧完祭文，
他站在崖山上，给苏思木打了个电话，告诉苏思木，祭文烧了。
苏思木说，烧了就好，总算完成你爷爷的心愿了。苏植苓拍了
段短视频给苏思木，告诉他，沈先生就是从这里跳下去的，他
的尸体有没有找到，没人知道。苏思木问，那两块玉给了沈先
生后人了吧？苏植苓说，没有。苏思木问，没找到沈先生后人？
苏植苓说，找到了。苏思木说，你把它给沈先生后人，那本就
该是他们家的东西。苏植苓望着大海说，我把它丢海里了。从
崖山下来，苏植苓问陈寂深，沈先生叫什么名字？陈寂深回头
望着崖山说，沈先生字复观，余不可考。

雪夜之歌

1

　　那年冬天，我从铁城回去。铁城是个温暖的南方小城，植物终年绿着，五十年见一次细小如粗盐的雪粒。我想看看雪。天气预报说，大雪将至。前一年，黄城下过一次大雪，雪下得洒洒洋洋，三天三夜。晚上睡觉，窗外时时发出树枝被压断的声音，先是"吱吱嘎嘎"的碎响，紧接着"哗啦"一声掉到地上。不少破旧的瓦房都被压塌了，屋顶斜刺到堂屋的地上，还好没有住人。镇上早就空了，没几个人。从镇外延伸过来的马路，压在雪底下，动都懒得动一下。我妈说，上次那么大的雪，还是你小时候。那时候，我们家住的土砖房，屋顶上横着大碗口粗的横梁，屋顶压得梭梭响。晚上睡觉，我都不敢闭眼，生怕房梁塌了。你是不知道，每天早上，我得请你四叔来除雪，你爸不在家。他一年到头都不在家，好像我们几个是孤儿寡母似的。你是不知道那雪，真大。那年的那场大雪我没赶上，想回去也不可能，道路瘫痪了，新闻播报说高速封闭，已经开出的车辆就近避灾。回去看雪，算是个念想，主要原因不在这个，我叔公快要死了。我妈在电话里说，你要是没什么事，回来看看你叔公，你爷爷那一辈的，就剩他一个了，他也疼你。算起来，我有十几年没见过我叔公了，也没有给他打过电话。只记得他瘦小，算是当地的读书人，读过师范学校的。

回到镇上，正是傍晚，天黑得冷漠。我从摇摇晃晃的汽车上下来，抽了一口冷气，太冷了。和我一起下来的还有几个人，和我一般年纪。按说都是镇上的，看着却眼生。一路上，他们看我，像是看着外乡人。他们用我熟悉的乡音说话，想问问我，又懒得搭理的样子。到了家，我妈说，你穿得这么少，冷吧？我说，还好。我妈说，你爸一早去买了莲藕炖汤，炖了一下午，猪肉还是去隔壁村买的，人家杀年猪，土猪肉好吃。我去给你盛一碗。我爸把菜摆上桌，拿了瓶酒说，天冷，喝点儿。我妈扫了我爸一眼说，天冷不冷，你哪天不喝点儿？喝了碗莲藕排骨汤，又喝了几杯酒，我身上暖了。望着门外说，怕是要下雪了吧？我妈说，天阴了几天了，也不下，不知道要干什么。吃过晚饭，和爸妈聊了会儿天，我想睡了。我妈说，记得明天去看看你叔公，你回来一次，多住几天。我爸说，我和你一起去吧。我说，叔公还住那里吧？我爸说，还住那里，老头子犟得很。

我说，那我自己去吧。他还能动吧？我爸说，能起床，每天搬个板凳坐门口。夏天乘凉，冬天晒太阳。我说，那还行。我爸说，做不动了，吃饭要人送过去，让他搬回家里，死活不肯。我说，这几天会下雪吧？我爸说，谁知道。他拍了拍被子，新打的棉絮，应该暖和。这些年，连打棉絮的人也没了。他起身关了灯说，跑了一天，你早点睡。

天刚亮，浑浑噩噩的，不清爽。吃过早餐，我妈递给我一袋子东西说，去看你叔公，不能空手去，东西我给你准备好了。说完，又给我五百块钱说，你把这个钱带给你叔公，就说是你爸给的。你想给多少自己给，老人家，没几天了，俭省了一辈子。从我家到叔公家，不远，大概三四里地，要穿过一条河岸。从家里出来，下了个山坡，到了湖边。冬天，湖水塌了，从河岸往湖心，一大片泥地，只有一湾水远远地躺着，弯弯扭扭的，像是身体不舒服。河岸边上一片片枯黄的芦苇，高高立起来，怕是有二人高。河滩上还有三四条船，船底陷进泥里，全无生气。湖面上还有一只只的水鸟飞来飞去，不多，成不了群。从河岸往远处望，一个人都没有。远处的村子趴在山坳里，一动不动，炊烟已绝迹多年。田地里枯黄一片，直接到不见云的天际，要是点一把火，怕是能烧上几天。叔公从师范学校毕业，做了几年老师。后来，湖区归了集体，叔公做起了管理员。大概是这意思，具体名称我说不清楚。小时候钓鱼，最不愿看到的就是叔公，正在湖边钓鱼，远远看到叔公的船开过来，吓得赶紧往家里跑，生怕他看见。他负责管理湖区，捞虾子摸蚌壳可以，钓鱼不行。

见到叔公，他在屋里，外面没太阳，屋里阴阴暗暗的。看到我，叔公问，你是哪个？我放下袋子说，叔公，我啊，铁头哇，你不记得了？叔公说，铁头？你什么时候回来了？我说，昨天刚回来。叔公抖抖索索地站起来说，我给你倒杯水，你喝糖水不？屋里有红糖。我说，我自己来，你坐着。倒了杯水，喝了一口，温温敦敦的，像是没有烧开。我搬了个凳子，挨着叔公坐下，把我妈的钱递给叔公说，叔公，这是我爸给你的。又拿出两千块钱说，这是我给你的。叔公挡了挡说，我要你的钱干什么，拿回去拿回去。都没几天活头，还要钱干什么。我把钱塞到叔公兜里说，给你你就拿着。叔公摸了摸口袋，拍了拍说，你回来干什么？我说，也没什么事，回来看看你。叔公说，你妈说我要死了吧？我说，哪里的事，您老身体好得很。叔公说，你妈说得对，我要死了。我算过，还有十几天。我笑了起来，这你还能算得到？叔公说，你们年轻人不信，我晓得的。他摸了摸胸口，又拍了拍腿，不行了，动不了了。和叔公聊了一会儿天，松松垮垮的，我也兴趣索然，想着找个什么理由早点回去。天上的云层更厚了，像是要下雪。我说，叔公，怕是要下雪了吧。叔公看了看天说，相做得大，雪下不来。我说，叔公，我先回去，过几天再来看你。叔公摆了摆手，示意我坐下。他说，铁头，我有几句话跟你说。我说，你讲。叔公看了看门外，像是怕人看见，压低声音说，你不要杀人。我笑了起来，叔公，我无事端端杀什么人。叔公说，你千万要记得，不要杀人。我说，叔公放心，不会的，绝对不会的。不要说杀人，杀个兔子我都不敢。你看着我长大，知道我胆子小。叔公说，那我就放心了，千万不要杀人。我看着叔公，他脸色严峻，不像在开玩笑，甚至有些悲切的意思。叔公怕是真的不行了，他脑子坏掉了。我说，叔公，谁杀人了？叔公说，我没说谁杀人了，我没说过。他说，你回去吧。记得，千万不要杀人。

　　从叔公家回来，我妈做好了午饭。我爸说，喝点儿？我说，行。我妈说，大中午的，又喝。我爸说，难得儿子回来一次，陪我喝点又怎么了？我妈收了声，拿了酒出来。桌上摆了五个菜，还有一盘腊鱼。我妈说，知道你不喜欢炸的，给你蒸的。今年的鱼大，湖里十几年没干，鱼越来越大。夏天时，有人来钓鱼，钓了条五十多斤的草鱼。我还是第一次见到那么大的草鱼。我爸倒上酒说，莫说湖里，地里都荒了，山上野物也多了，好多年没见的野猪又出来了。喝了几杯，我妈问，你叔公怎样？

我说，还好，可能脑子糊涂了吧。我妈说，年纪大了是这样，我以后也有这天。别的我不怕，就怕瘫痪了要麻烦你们。只要能吃能喝能动，那还好。要是不行，干干脆脆死了倒好些。我爸说，儿子一回来，你又说这个。我妈说，不说了，不说了，你们喝酒。吃了口饭，我妈问，叔公和你说什么了？我说，闲扯了会儿，也没什么。喝了口酒，我笑了起来，叔公让我别杀人。我一说完，我爸我妈沉默下来。我问，怎么了？我妈扒了口饭说，这两年，只要有人去看你叔公，他总是这句话。我心里一惊，怎么回事？我妈说，你别打听这些。我爸说，喝酒，你叔公脑子糊涂了。喝了杯酒，我爸问，你这次回来住几天？我说，说不定，没什么计划。我爸说，可能要下雪了。我说，叔公还说了，这个天，相作得大，雪落不下来。我爸说，谁晓得。我问我爸，叔公说不要杀人是怎么回事？我爸说，先喝酒，回头我给你讲。喝完酒，我在院子里站了一会儿，树上的叶子落得光光净净，麻雀站在上面，一只都藏不住。

2

上次大雪是什么时候，我不记得了。去年还是前年？我不记得了。应该是去年，每年总要下雪的。还在小时候，一眼望去到处都是山，山上都是树，有的树上结了果子，能吃。人走在山上，身上阵阵发凉。再热的天，走到树林里，就凉快了。不像现在，热没个热的样子，冷没个冷的样子。山砍秃过一次，大点的树都砍掉了，只剩些杂草，石头一块块地凸出来，原本上面沾满湿润润的青苔，都晒死了，灰白白的，一摸一把灰。站在远处，石头像是在反光，看着就热。山上的树又长起来了，又砍了，又长起来了。他们告诉我这几年山上又有野猪了。以前打野猪用火铳，难得打死。现在用的双管猎枪，"砰砰"两枪，野猪就躺在血地里，喘着粗气，蹄子阵阵地抖。天阴沉了几天，像是要下雪，这雪下不来。我这辈子见过不少大雪，真要下大雪，不是这个样子。有一年下大雪，隔壁村有人进山打猎，埋在了雪地里。等人把他们从山里拖回来，硬邦邦得像一条死鱼。我妈冬天死的。一到冬天，老天爷要来收人，抗不过的都死了。上山的那天，雪下得真大。出发时，天透着黑亮。等埋进土里，回来时，大雪使劲儿扯，看不清前面的路，一会儿工夫，雪盖了厚厚一层。等到第二天天亮，太阳出来了，我到湖边去挑水。雪地里还有脚印，有人的，也有野物的。野物的印子轻浅些，两个蹄印，三只爪印，想是饿极了，出来找吃的。大雪封山盖地，还能有什么吃的。我想起我妈说的，人为了口吃的，哪还有什么脸面。她不用再吃了，她一生的粮食吃完了。

春莲来找我那天晚上，还是夏天，好几年前的事情了。到了后半夜，热气散了去，凉气升了起来。春莲过来时，我正坐在竹床上喝水。走到门口，春莲说，叔，你还没睡？我喝了口水说，没呢，刚散了热，凉快了。春莲站在门口，像是在想什么。我说，你进来吧，站在门口不像个样子。春莲进了院子，搬了个板凳坐下说，叔，天真热。月亮圆着，挂在天上，白沙沙的月光照在春莲脸上，她脸上一滴汗迹没有，汗衫膨膨胀胀地鼓着。一只癞蛤蟆从墙角爬出来，慢慢吞吞地挪动，它肚子那么大，腿显得细了，每走一步都像是费尽了力气。春莲看见了，叫了一声。我站起来，踢了癞蛤蟆一脚，软绵绵的，像踢在没气的皮球上一样，黑乎乎飞出三五米远，翻了个身，继续往前爬，一声不吭。要不要喝水？我说。屋里还有一块西瓜，放冰箱里大半天，该凉透了。春莲说，叔，我找你有事。我说，我给你切片西瓜。进了屋里，我看了看钟，一点多了，整个村子都睡着了。

切好西瓜，我正准备出去，春莲进来了。她把门关上说，叔，我跟你说点事。我说，你说，先吃片瓜。春莲接过西瓜，放在桌子上，站直了说，叔，你看我有什么变化没？春莲拉了拉汗衫，我看了一眼说，没什么，好得很。春莲说，叔，你仔细看。

我又抬起头，细细看了一遍说，看不出来。春莲把汗衫搂起来，露出白白的肚子说，叔，我怀孕了。我摇了摇头说，你不该怀孕。春莲放下汗衫说，叔，肚子很快要显怀了。我说，显怀就显怀，现在没哪个管别人的闲事。春莲说，我知道没人管，我跟你说一声。吃完西瓜，春莲坐了一会儿说，叔，我回去了，天牛一个人在屋里，我不放心，怕他万一起来。把春莲送到门口，我说，生个好的，也不是坏事，老了有个人养。春莲说，只要生下来，就是我的儿，养不养我，那是他的事。她摸了摸肚子说，反正我也不怕人笑，又不是没人笑过，又不是一天两天。春莲走了，我把院子门关上，把竹床搬到屋里。一闭上眼睛，春莲白白的肚皮又钻了出来。蚊子都休息了，要等天快亮了它们才会再出来。

到了秋天，春莲的肚子显怀了，她挺着肚子走进走出。老妇人见了问，春莲，什么时候生？春莲笑着说，等生了过年。老妇人说，那好，过年屋里热闹。跟过去不一样了，要是在以前，一个寡妇，肚子大了，怕是要被口水淹死。老妇人说，要是生个儿子，宝生怕是要喜死了。春莲说，他喜不喜我管不得，我喜。宝生我看着长大的。春莲嫁过来那年，宝生还在外面打工，说是在深圳。镇上的年轻人，好多在深圳。平时镇上见不到人，和我一样老的还有一些，年轻的几乎见不到了，他们都跑了，一年没两个月在镇上。到了过年，扑腾腾回来了，他们打牌喝酒。过了正月，把吃剩的腊鱼腊肉装进蛇皮袋里，又走了。镇上像是闹过了鬼，阴阴惨惨的。春莲男人也一样。他更不爱回家。偶尔回来，一喝了酒，指着春莲就骂。镇上有人说，春莲男人在深圳有女人。问春莲，春莲说，他有女人就有女人，没哪个指望他。春莲男人死后，宝生回来了。

后来的事情，镇上都知道了，春莲和宝生好上了。刚开始还有人说，看多了，说的人也没有了。宝生还没结婚，春莲当了寡妇，两个人想好，旁人也说不得。宝生刚回来那阵，有天，我在湖边碰到了宝生，他在打鱼。到底是年轻人，他的网撒得圆滚滚的，落到水里，压出漂亮的圆形水花。他把网拉起来，鱼儿活蹦乱跳的。见到我，宝生说，叔，吃了没？我站在湖边说，吃过了，这么早来打鱼？宝生笑了起来，趁没人，打几网。湖是集体的，要是没人承包，算是野湖，谁爱撒几网谁撒，没得人管。宝生把鱼理到桶里说，叔，你拿几条回去。我摆了摆手说，不了，不了，我又不做饭。宝生说，叔，你一个人住老屋里不怕？我说，我怕什么，鬼都不得来找我，嫌我老。宝生理完鱼，接着理网。我说，宝生，你和春莲男人在一个工地吧？宝生说，叔，你问这个干吗？我说，听说从脚手架上落下来，死得惨。宝生说，工地上，这种事情难免。你不晓得，深圳的楼多高。我说，也是他命里该绝。宝生举起网，撒到湖里，一边拉网一边说，外头的钱哪是那么好赚的。又是一网好鱼。宝生拣了两条大的，用水草穿了说，叔，你拿去吃，莫讲究。说罢，拎着网和桶回去了。

　　这几年，一到秋冬季节，总有人去山上打野猪。刚开始，来山上打野猪的都是外地人。他们开着车，带着枪，一群一群往山里走。等他们把野猪从山上抬下来，镇上人围着看稀奇，山上真有野猪了。这家伙，牙齿那么长，毛像一根根针，摸着刺人。有的野猪身上沾满了松脂，硬邦邦的，像是穿了盔甲。再硬的盔甲也挡不住子弹，弹孔被血凝住了，涂了油漆一样。外地人打了两年，镇上不让打了。我们山上的野猪，凭什么让外地人打？平日里，它们糟蹋的可是我们的作物。宝生买了枪。我还记得宝生打到第一头野猪的情景。他们把野猪从山上抬回来，春莲看着野猪笑眯眯地说，这家伙怕是有三百多斤。那么大一个家伙，特别是脑袋，乱蓬蓬的一团。宝生踩着野猪脑袋说，要不是我手快，怕是要被它咬死了。你是没看到，冲过来肉腾腾的一坨，坦克一样。春莲说，那你还要去打？叫你不要去，要是出了事，哪个管你。宝生说，再狠的野猪也怕枪，它还能跑得比子弹快？春莲说，听你说得吓人。宝生说，不怕，你安心。宝生打野猪打出了名气，一到了秋冬，有开餐馆的找到宝生说，宝生，还不去打野猪？你再不去，山上的野猪要被人打完了。

前年初冬，宝生进山没多久，有人慌慌张张跑回来了。我正坐在门口晒太阳。那天太阳很好，我靠在椅子上，眯着眼睛。我还能看见远处柚子树上挂的果，快入冬了，还没有人摘，黄红黄红地挂在树上，一动不动。见人跑过来，我问，什么事这么急？出事了，宝生打到人了。打到哪个了？天牛，鬼晓得他什么时候跟去的。我看到天牛时，他从医院回来了，躺在屋里门板上，换了衣服。春莲在哭，一声一声干号。她的肚子鼓着，一晃一晃。天牛埋在后山上，去年树了碑石。春莲腊月生的，儿子。等儿子满了月，春莲抱着儿子到我屋里说，叔，你给娃儿取个名字，你当过先生。我问，娃儿姓什么？春莲说，跟我，姓周。我问，宝生同意？春莲说，同意。我说，天牛怕是想不到他有个姓周的弟弟。春莲说，叔，你说我怎么办？我说，天牛傻愣愣的，去了也好，要不以后哪个养他。那么大个人，穿个鞋左右都分不清楚。春莲哭起来说，叔，我晓得你的意思。不是你想的，再怎样也是我身上掉下来的肉。我说，你把孩子抱回去吧，这个名字我取不了，我不晓得他姓什么。

天渐渐冷了，我怕是熬不过这个冬天。这几天，像是要下雪，乌蒙蒙的。相做得大，雪下不来。要是雪下来了，我也该走了。我妈说，老天爷要收人，收了一轮又一轮，到我了。前天我还去了湖边，看到了芦苇。岸边躺着几条晒干的死鱼，眼睛陷在眼眶里，和我的眼睛一样。人要是眼睛陷在眼眶里，那就是快死了。我不想喝水，也不想吃东西，我等雪下下来。

3

镇上办喜事，多半是在秋冬。秋收过后，农人闲了，仓里装满了粮食。天也冷了，鱼肉经得起放，不像夏天，要不了多久就变了味。以前，办喜事要放电影。找个开阔的地面，拉起银幕，等天暗下来，开始放电影，一道光从放映机射到银幕上，人物生动起来。吃酒的还是吃酒，看电影的看电影。放映员调试机器的空当，不时有人举起手，伸到光里，黑色的手印投在银幕上，杂杂乱乱的一团。小孩子们围着银幕窜来窜去，叽叽喳喳的。办喜事图个热闹，来的人多，主家欢喜，看的人也欢喜。哪家办喜事的消息也随着看电影的人传到周边的村子，都知道谁家儿子结婚了，娶的是谁家的闺女。路上再碰到，寒暄起来也有了内容。对年轻人来说，看电影不单是看电影，遇上对眼的姑娘小伙子，明里暗里见过几次，觉得合适了，托媒人去提亲。都谈妥了，定了日子，也放场电影，把这关系明明白白昭告天下。

有的村子远，走着过去，要大半个小时。再远的，个把小时也正常。我喜欢秋季，天气干爽，衣服穿得好看，不像冬天，穿得饱胀，看不出身形。年轻的小伙子，认真看电影的少，都看姑娘。姑娘们挤在一起，眼睛也不在银幕上，脸上掩不住心思。电影放映前，场上乱糟糟的，到处都是人声，说话都听不清楚。等姑娘们坐下了，小伙子们满场闲逛。看到心仪的姑娘，也不直接上前搭讪，捡个小土疙瘩，朝姑娘扔过去。胆大的小伙子瞄准姑娘胸前，小土疙瘩从姑娘胸前弹开，姑娘抬起头四处张望，恼怒的样子。等发现了事主，冲着瞪一眼。就这一眼，内容复杂得很，能不能看懂，靠悟性了。千万别扔姑娘头上，要是扔头上了，姑娘十有八九是要发脾气作相的，是哪家没眼的畜生，要死么？等小伙子磨磨蹭蹭到姑娘身边坐下，厚着脸皮给姑娘递瓜子，只要姑娘不走，脸上还是笑的，那就可以放心了。我看到春莲也是在电影场上。那天，她穿的红色毛衣。那个秋冬，只要有人放电影，多远我都会去，后来，我见到过春莲几次，她总是穿着红色的毛衣。等电影放完了，她和村里的姑娘一起回家，我跟在后面看着她，她的背影也那么好看。到了她们村口，等看不见她了，我再一个人回家。田野安静，连秋虫的叫声也那么迷人。有时候会有月光，树影落在地上，湖面一片迷蒙的灰。我坐在田埂上，田里干了，收割后的稻田只有枯黄的稻梗硬硬地插在田里。我心里有种奇妙的情绪在涌动，天地间的一切物件都变得生动柔和，它们都在看我。

有天，看完电影，我像以前一样尾随春莲回家。快到她们村了，春莲停了下来，和别的姑娘说了几句。有个姑娘大声说了句，春莲，我们在前面等你。春莲转过身，望着我，朝我走过来。走到我面前，春莲说，你想做什么？你跟了我好多回了。我说，不想做什么，想看你。春莲头低了一下，你以后别跟着我，你再跟着我，我不去看电影了。我说，我又不惹你。春莲说，你不惹我跟着我干什么？我说，我想看看你。春莲说，我定了亲，明年冬月我要结婚了。我说，你结你的婚，我又不惹你。春莲说，你是个傻子，早点回去，以后别跟着我。再在电影场上见到春莲，我买了两包瓜子。等电影散场了，春莲对同来的姑娘们说，你们先走吧，我有点事。进了腊月，天寒地冻的，春莲穿了棉袄。回村路上，春莲走了条岔道，那边有片小树林，很少人走那里，嫌远。春莲说，你的心思我知道，我定亲了。天乌乌黑，春莲看了看天说，怕是要下雪了，你赶紧回去。她从口袋里掏出一块手帕塞到我手里说，给你留个念想，以后别跟着我了。说完，快步往村里走。我跟在她后面，我想抱她，我想亲她，我想把她按在地上，我默默跟在她后面，看着她越来越远。

宝林结婚那天，我看到了春莲。过完年，我去了深圳。后来，宝林也来了。我们一起在工地干了好些年，深圳永远在建房子，越建越高，让人害怕。我们从一个工地到一个工地，像是黏在脚手架上的蜗牛。宝林死的那天，我在场，我看到了。他从四十八楼跳了下去，穿过防护网，重重地砸在了水泥地上，摔成了一摊肉饼，看不出一点人形。等我从上面下来，现场被围起来了，没几分钟警车和救护车都来了。看到那摊肉，我双腿发软，喉咙一阵阵紧缩，我蹲在地上，吐出一摊摊黄腥的苦水。回到宿舍，我全身没有一点力气。宝林的样子又跳出来，在我面前不停地走动。这些年，宝林输了很多钱，还借了高利贷。这一辈子，他还不清了。宝林的骨灰是春莲来拿回去的。送春莲去火车站的路上，春莲一句话没说。等到快进站了，春莲对我说了句，你别学他，安生做事。从火车站出来，回到工地，我找了个小酒馆，喝了一天的酒。小酒馆脏得像个厕所，散发出酒菜腐败之后的酸味，桌子和地面滑腻腻的，碗和筷子黏着一层浮油，你很难想象深圳还有那么脏的小酒馆。我在那里喝了一天的酒，吐了好几次。我蹲在厕所里，刺鼻的尿骚味消失了，四周开始摇晃。等到过年，我回了镇上。见到春莲，春莲说，回来了？我说，回来了。春莲问，过完年还去深圳？我说，不去了。春莲说，不去深圳你做什么？镇上狗都没几只。我说，哪里还养不活人了。

我不怕人说我，哪个人背后还没几个人说。回到镇上，路上见到春莲，她躲躲闪闪的，像是怕见到我一样。回来大半年，又到秋天了。那天夜里，我去敲春莲的门。敲了一会儿，春莲的声音传了出来，哪个？我，宝生。半夜三更的，你来干什么？你开门。有话明天再说，我要睡了。你开门，我就几句话，说完就走。里面静了一会儿，门开了。我进了屋，春莲关上门。我看了看问，天牛睡了？春莲说，睡了，他每天睡得早。我说，你一个人带着天牛也苦。春莲说，你有话赶紧说，不早了。你好像怕见我。哪个怕你？你怕我。我为什么要怕你？我说，我给你看样东西。说完，从口袋里掏出个手帕说，我一直带在身上，没舍得用。见到手帕，春莲把眼光移开说，你还带着这个？我抓住春莲的手说，你跟我吧。春莲甩开我的手，我哪个都不跟。说完，把我往外推，你走，以后别来撩我，也不怕别个说闲话。从春莲家出来，我高兴得很，话说明白了，就不怕了。再去找春莲，她不赶我走了。要是白天，她开着门，大大方方的。晚上去找她，要等天牛睡了，不然见到人来，天牛不肯睡。镇上有人开始说闲话。有的见到我说，宝生，你跟春莲什么时候把事情办了，莫紧扯。我说，那要春莲同意，她不肯，我也没办法。你一个男的，主动点，还搞不过女的？我笑起来说，现在女的狠，男的搞不过女的。

进了冬月，我对春莲说，我们什么时候把事情办了。春莲说，办什么事？我说，我们把婚结了。春莲说，我跟你说了，我不结婚，又不是没结过，还结婚干吗？我说，我们这样也不是办法，不成体统。春莲说，哪个体统，你还管体统？窗外黑漆漆的，春莲端了盘花生米，拿了瓶酒说，你喝酒不？说完，倒了两杯。喝完一瓶酒，春莲说，今晚你别回去了，怕是要落雪。春莲关了灯。天快亮了，春莲踢了我两脚说，起来，落雪了。我穿好衣服，站在窗边，外面落雪了，洒洒洋洋的。春莲说，你还记得不，我给你手帕那天，晚上也落了雪。我说，记得，那天冷得很，你穿了棉袄。春莲打开门说，你回去吧。门一打开，一股寒气扑了过来。春莲说，快点回去，莫讨人嫌。走在雪地里，镇上白了，没有人迹，天似乎亮得早，光和枯草带着清新干净的气质。树上也落满了雪，盖在上面，背面露出黑色的斑线。那是我第一次，一个人那么早在雪地里走，脚印陷下去，很快又被松软地填满。那是我一生见过的最美的雪，不属于夜晚，也不属于白天，只有心里有事的人才能看见。

4

和叔公说的一样，天相做得大，一连阴沉了好几天，雪迟迟没有落下来。在家里转了几天，冷冷清清的镇上，索然无味。我对我妈说，我该回去了。我妈说，你想回就回去吧，过年还回来不？我说，不回了，人多，麻烦得很。我妈说，也好，过年回来人多不说，还浪费得很。见人就要给钱，一年赚不了几个钱，花得倒是快，到处都是人情。我说，我去看看叔公，告诉他一声。我妈说，你别问他那些话，他老糊涂了，瞎说。我说，放心，我又不傻，问他这些闲话干什么？

去看叔公前，我买了瓶酒，几个卤菜。叔公年轻时很能喝酒，据说镇上没几个人喝得过他。他现在还喝不喝，我搞不清楚。据我爸说，有时也喝一点。他去看叔公，也会陪着叔公喝一点。到了叔公那里，他正坐在门口。见我过来，叔公问，铁头，你什么时候回来的？我把酒菜放在桌子上，开了灯，屋外阴沉，屋里太暗了。扶着叔公坐下，我说，回来有段日子了，前几天不是还来看过你吗？这么快忘了？叔公拍了拍脑袋说，老糊涂了，老糊涂了，我是记得前几天有人来过的，好像是你，又好像不是你。摆好酒菜，我说，明天我要回去了，来看看你，陪你喝杯酒。叔公看了看酒瓶说，又乱花钱，买这么贵的酒。我找了两个杯子，给叔公倒了酒说，难得来看你一次，还说什么贵不贵的。叔公端起酒杯，抿了一口说，我好长时间没喝酒了，没哪个跟我喝。我说，你还能喝多少？叔公说，喝不了几杯，到了嘴里都是淡的，喝不出酒香了。喝了几杯酒，叔公说，你还记得我跟你说过的不？我说，你说哪句？叔公看看门外，压低声音说，我跟你说，不要杀人。我说，这句我记得，我不敢。叔公夹了块卤肉，咬了几口，你在外地不清楚，我知道有人杀了人。我说，叔公，你别说着吓人。叔公说，我知道你不信，镇上的人都不信，我活了这么大岁数，难道这点事理都不明白？杀没杀人，从脸上看得出来。和叔公碰了下杯，我说，叔公，我们喝酒，不说这吓人的事。喝了杯酒，叔公望了望外面的天说，你要是过两天走，说不定就能看到下雪了，天绷不住了，雪要落下来。我跟你说，要落得铺天盖地。我说，落就落吧，我怕是赶不上了。叔公说，你记住我说的话，人做不得亏心事，要是做了亏心事，一辈子都不得安生。我说，叔公，我知道了，你说了好多遍了。和叔公喝完酒，他大概喝了二两，别的都是我喝的，我有很久没有喝那么多酒了。叔公睡了，我还要回家，走过河岸，穿过芦苇荡，回到家里去。

　　离开镇上时，还是没有下雪。我在省城待了两天，见了几个朋友。去火车站的路上，雪落了下来。等我上车，雪下得沸沸扬扬，干净的雪落在铁轨上，落在赤裸的地面上，化掉又落下，直到把肮脏的城市遮盖起来。站台上挤满了人，他们拖着行李，空气中有了过年的味道。我还是见到了雪。看到雪，我想起了叔公喝酒时和我说的话，他说，等这场雪下下来，他就要死了。车厢里开了空调，温暖舒适，我脱掉了外套，躺在卧铺上。已是傍晚，列车将在夜色中穿过湖北，穿过湖南，抵达广东。我将从那里回到铁城，带着雪夜寒冷的气息，回到我再正常不过的日常生活中去。

高速公路上的外星人

他们的收入——在这个现实的时代，还是谈这个比较好——说得上体面。据铁城统计局的数据，2018 年，铁城人均可支配收入四万六千元。别看这个数据不高，它可比全国平均水平高出了一万多。而他们，大约是这个数据的五倍。他们没有孩子，不用去平均。目前，他们还住在南湾半岛。小区正值成熟期，树木经过六年的生长，有了树木该有的样子，不像刚种下去那会儿，树枝稀疏，怯生生怕人的样子。它们长大了，热情起来，亭亭如盖。赵刚晚饭后常在小区散步，他计算过，按照他平时的速度，走一圈大约需要三十四分钟。他穿着短裤、背心，一身休闲。铁城热，一年四季，只有三个月清凉。他会遇到两群孩子，一群由父母或者爷爷奶奶带着散步，一群由保姆带着。赵刚思考过这个问题，为什么会这样？答案其实简单，认同感。和保姆待在一起，他们会觉得更自在些。要是混杂起来，即使那是别人家孩子的爷爷奶奶，他们依然会有被监视的感觉。这条看不到的界线划出了亲疏，同时也标示着某些不可逾越的关系。赵刚和钱丽娜还没结婚，住在南湾半岛五年了。钱丽娜对南湾半岛态度暧昧，如果结婚的话，她还是想买套婚房。

　　那天周六，赵刚早早起床，刷完牙洗过脸，他拿了本书坐在沙发上。这本书买了两三个月，一直没有拆封，是本诗集。赵刚以前写诗，现在也偷偷写。偶尔，他会给钱丽娜看看。钱丽娜多半会应付一下：写得不错。碰到心情好，她会说一句，你给我写首诗吧。她这么一说，赵刚这么一听，谁都没当真。和钱丽娜认识六年，同居五年，他没有给钱丽娜写过诗，一首都没有。赵刚想过，要不要给钱丽娜写一首诗。想过之后，还是算了。他没办法调动情绪，倒不是写不出来。要写，不是问题。写完之后怎么办呢？读给她听，还是写在纸上塞给她，或者微信发给她？都显得矫情了。初恋时，赵刚给女友写过很多诗，树林子里、河边、酒吧，各种场合念给她听，都合适，一点也不显得造作。和诗歌质地一样，他和钱丽娜具有不同的感情质地，他们的感情之间，很难容纳一种称为诗歌的神秘物质。钱丽娜起床了，她一边刷牙一边对赵刚说，一会儿我们出去玩吧。赵刚抬头看着钱丽娜，皱了一下眉，他不喜欢钱丽娜刷牙的时候到处走。赵刚放下书问，你想去哪儿？钱丽娜说，哪儿都行，只要不待在家里。赵刚想了想说，那去岛上吧。钱丽娜说，好。把书收起来，赵刚莫名其妙想起了莫言的一首诗，那是他在微信上看到的。诗有点长，赵刚记得其中几行："喝了两杯假茅台／泪水落在美人怀／美人美人乐开花／梦中成了外星人的妈／外星人体会不到的痛苦／因为独特，所以珍惜"。他最喜欢最后一行"因为独特，所以珍惜"，能说点什么呢？钱丽娜刷完牙问，真去岛上？赵刚说，嗯。钱丽娜说，那我换下衣服。赵刚时常去海边，和钱丽娜谈恋爱之前，几乎每个周末他都会去海边。倒不是出于对岛的热爱，他喜欢通往海边的那条高速公路。车穿行在山海之间，城市被山遮住，只有一条灰白色的高速公路陪伴着你，沉静寂寥，让人感动得想哭出来。赵刚听说过美国的一号公路，据说那是美国最美丽的一条公路，全长七百四十公里。沿途可见的太平洋、悬崖山脉、大草原，满足人类对旅行的完美想象。赵刚搜了图片看过，确实漂亮。美国太远了，而这条公路却触手可及。每次开车行驶在沿海高速，赵刚总有种漂浮感，似乎他离开了铁城，去了很远的地方。尽管车程其实不过仅仅两个半小时。

　　等钱丽娜收拾完，赵刚拿了车钥匙，他想着要不要拿上鱼竿。钱丽娜说，别拿了，从来没见你钓到过鱼。和钱丽娜去海边，他钓过几次鱼，一无所获。以前，他真的钓到过，灰棕色的鬼婆，肚子鼓得快要爆炸的河豚，还有巴掌大的石斑。钓鱼的人戴着帽子，站在海边的礁石上，有的还戴着墨镜，海风吹过来，他们看起来健康又自在。赵刚被这个场景打动了，他想，为什么我不去海边钓鱼呢？他买了鱼竿，就是那种普通的鱼竿。第一次站在海边钓鱼，赵刚有种莫名的兴奋感，海洋如此庞大，他站在礁石上，向大海伸出他的手臂，像是乞讨，让大海施舍果腹的食物。把剪碎的虾仁挂在钩上，扔进海里，海浪旋转着拍打着礁石，他看见浮标在海水里跳动。有钓友看见了，笑着说，在海边钓鱼，浮标其实没什么用，你要感受到海水的深度和鱼线的紧张感，总之，把感觉调动起来。他感受到了那种力量，来自大海的力量。他没想到，一条三寸多长的小鱼会把鱼线拉得那么紧，他以为那会是条大鱼。鱼出水时，赵刚愣了一下，那么小。认识钱丽娜之后，他带钱丽娜去海边，告诉她，我们去钓鱼吧。那是一个夏天的傍晚，太阳还没有落下去，明晃晃的光照在海面上。钱丽娜打着伞站在旁边，看着他。赵刚戴着帽子，他准备了充足的鱼饵。那天，赵刚没有钓到一条鱼。他能感受到鱼在咬钩，它们把鱼饵都吃掉了。太阳慢慢落了下去，赵刚的情绪从激动到尴尬，再到沮丧和懊恼。他觉得他是这个世界上最愚蠢的人，为什么要带着姑娘到海边钓鱼？而大海为何又是如此吝啬，它甚至不肯拿出一条小鱼满足一个男人的虚荣心。赵刚收起鱼竿说，奇怪，今天怎么就钓不到。钱丽娜笑起来说，你怕是来喂鱼的吧。赵刚的脸烫着了。他原本想钓几条鱼，拿到海边餐厅给钱丽娜做个杂鱼汤。那会不一样。后来，钱丽娜还陪赵刚去海边钓过几次鱼，依然一无所获。钱丽娜说，以后要钓鱼你自己去吧，你那些鱼大概不喜欢我。赵刚带过几次鱼回家，他钓的，不多，十来条的样子。都是小鱼，海岸边礁石缝里多是这种小鱼，大的少。看到鱼，钱丽娜就笑，钓到啦？赵刚说，也是奇怪，每次你在，怎么也钓不到。钱丽娜笑得暧昧。赵刚顿时觉得无趣，钱丽娜肯定以为是他买的。

我最喜欢这条公路了。赵刚握着方向盘说，你有没有种在日本的感觉？车窗外的山不高，多半有着斜斜的山顶，连在一起，像是疏密不齐的锯齿。山体被树覆盖，呈现出墨绿的颜色，偶尔露出几块灰褐色的石头。空气湿润，山间环荡着迷茫的雾气。时不时有片桉树林跳过去，瘦瘦高高的。赵刚想起东山魁夷的画，他笔下的山，和眼前的非常相似，富有层次，单纯又静谧。钱丽娜看着窗外说，铁城也就这条公路还能见人了。从山间开出来，一片开阔的海湾出现在眼前，远处的海水蓝得和天空融为一体，上方的白云连接着海面。有次，赵刚从珠海机场起飞。那天，天气晴好，天上有白云。飞机盘旋着离开珠海，他从小窗里看着伶仃洋，船行驶在海面上，从高处看下去，云朵压在海面上，海和天一样蓝，界线消失，它们融为一体。那一瞬间，赵刚有种错觉，船在天空中行驶，画面美得不像人间。他和钱丽娜讲过那个场景，告诉钱丽娜，以后你出差，可以从珠海飞着试试，真的，太漂亮了。钱丽娜懒洋洋地说，最好不要出差，我讨厌出差。赵刚说，总有出差的时候嘛。钱丽娜说，奇怪，我怎么感觉你才是中文系的，这么多愁善感。和你比起来，我像是学物理的。赵刚说，和中文有什么关系，确实美嘛。钱丽娜说，好吧，下次出差从珠海飞。钱丽娜后来有没有从珠海飞，赵刚没问，他也不想知道，和钓鱼一样，为什么要让自己尴尬呢？赵刚望着远方的海水，公路上没几辆车，阳光耀眼。转过一个山岩，接着一段上坡路，车到半山腰，有专门的观景台。那是一块突出的巨石，像一艘船一样挺进海里，视野跟着开阔起来。赵刚把车停在路边说，我们下去看看吧。钱丽娜下了车，到观景的亭子里坐下，附近的海湾里停满了密密麻麻的船只。

　　从山上下去，再走一段便是海边的渔港。他们多次来过这里。过了渔港，又是一段深沉的山间公路。钱丽娜看了会儿大海，转过身对赵刚说，你没有什么话要对我说吗？赵刚说，说什么？钱丽娜摘下墨镜说，我以为你有很多话要对我说的。赵刚说，一会儿，我们去渔港吃点东西，那里的海鲜新鲜。钱丽娜说，早上刚吃过，一点不饿。赵刚说，过了渔港要很远才有东西吃。钱丽娜说，没关系。说完，把墨镜带上说，赵刚，你太善良，也太敏感，这对你不好。赵刚伸出头，看了看山岩下的海面说，总比做个恶人要好。钱丽娜说，我们很快要结婚了，你不害怕吗？赵刚说，不害怕，我觉得挺好的。钱丽娜说，你这个样子，让我非常害怕。你知道吗？你让我没有安全感。赵刚笑了起来说，难道不是应该是我没有安全感？钱丽娜摇了摇头说，不，应该是我。她问，你早上看谁的诗了？赵刚说，不记得了。钱丽娜说，才看的就不记得了。赵刚说，没用心。他又想起了莫言的《高速公路上的陌生人》。想了想，他对钱丽娜说，我倒是记得莫言的一首诗。钱丽娜说，莫言，写小说的那个莫言？赵刚说，嗯。钱丽娜说，倒没想到他还写诗，读书时看过他不少小说。赵刚说，我读给你听下吧。钱丽娜说，好。赵刚说，就记得几行。我读了啊，你别笑。

喝了两杯假茅台

泪水落在美人怀

美人美人乐开花

梦中成了外星人的妈

赵刚还没读完，钱丽娜笑得花枝乱颤。她说，赵刚，肯定是你瞎编的，这什么玩意儿，还诗，还莫言老师写的。赵刚说，真的，不信一会儿我翻微信给你看。你先听完，还有两行。

外星人体会不到的痛苦
因为独特，所以珍惜。

等赵刚读完，钱丽娜收了笑说，这两行倒像诗了。赵刚说，我觉得挺好的，我很喜欢。钱丽娜说，你喜欢就好。赵刚看着钱丽娜说，你知道吗，有时候，我觉得我就是个外星人。他望着海面说，我经常有种幻觉，如果我从这里跳下去，我肯定不会死，而是进入一条时空隧道，穿越到另外一个世界。钱丽娜说，你总是充满幻想，像个孩子。赵刚说，谁不是个孩子呢。钱丽娜说，这里太热了，我们上车吧。才离开车一会儿，车厢里已经被晒得滚烫，座椅散发出巨大的热量，烫得屁股疼。从半山腰下来，开到渔港只要十几分钟。沿着海岸，一排海鲜餐厅热热闹闹开在路边，餐厅对面的马路边上渔民摆满了新收的渔获，虾虾蟹蟹的一大堆，少不了各种贝类和鱼。以前，每次路过这儿，他们会停下来，挑一些海鲜，拿到对面的餐厅加工。赵刚减慢车速说，要不要随便吃点儿？钱丽娜说，算了，不饿，回头再吃也不迟。她看着马路边上卖鱼的小贩说，你说，他们整天在这儿卖鱼，有什么意思？赵刚说，他卖鱼，我们上班，其实差不多。钱丽娜说，那还是不一样。

车开进山间的公路，路面变得弯曲。赵刚说，一进山里，车就少了。钱丽娜说，到了渔港，没几个人往前走。赵刚说，也是。钱丽娜顿了下说，赵刚，我问你，你真愿意和我结婚吗？赵刚说，都这么多年了，要不愿意，早就分了。钱丽娜说，就是在一起这么多年，我才担心。我们谈恋爱谈得太久了，别人都说，最好谈一年左右结婚。时间久了，什么感觉都没了。赵刚说，也不一定。钱丽娜说，那你对我还有感觉吗？赵刚说，当然有。说完，拍了拍钱丽娜的腿说，你别整天胡思乱想。

他们快结婚了。按照计划，他们准备圣诞节那天去登记，还有三个多月。相比他们在一起的时间，三个多月不值一提。赵刚想和钱丽娜结婚。他仔细考虑过，即使再找，他也不一定能找到比钱丽娜更合适的人。那么，为什么还要折腾呢？赵刚喜静，钱丽娜外向，她喜欢玩。一到节假日，钱丽娜几乎都要出去玩，每年攒下来的假，基本也用在了路上。刚在一起那两年，赵刚陪着钱丽娜一起出去玩。那两年，赵刚去过的地方远超他此前去过的地方的总和。也有新鲜感，也刺激，陌生的场景让人充满激情。很快，赵刚厌倦了，他发现那不过是另一种重复，只不过换了个布景而已。如果一个人总是在路上，和从来不在路上，到底有什么区别呢？赵刚不想去了。钱丽娜开始还问，后来不问了，只是告诉赵刚，她要和朋友们去哪儿。赵刚的回答永远是：好的，玩开心。钱丽娜不在家，赵刚清静下来，他甚至有些感激钱丽娜，每隔一段时间，她给他留下了绝对的个人空间。

　　至于钱丽娜的故事，他知道。他以为他会愤怒，却意外地获得了一种古怪的平静。他去阳台抽了根烟，还不到一根烟的工夫，他把情绪调整到了看电视的状态。钱丽娜从洗手间出来，拿着毛巾揉头发。她穿着短短的睡裤，长长的大腿又直又白。他喜欢那双腿，非常喜欢，亲吻过无数次。钱丽娜扫了一眼电视屏幕说，又在看《探索》。赵刚说，现在的片子，也就纪录片能看了。钱丽娜说，像个孩子似的，整天看动物世界。赵刚笑了，他确实喜欢看自然类的节目，认识各种鸟和海洋鱼类。等钱丽娜进了洗手间，赵刚又回想了他刚才看到的几句话。钱丽娜在微信里对一个男人说："上次是最后一次。让那次旅行成为我们美好的记忆吧，不要破坏它。我要结婚了，他比你合适。"一看到这句话，赵刚知道这个"他"是他自己。钱丽娜去洗澡了，手机还没来得及锁屏。赵刚想了想钱丽娜最近的一次旅行，大约在一个月前。她说和朋友们去四川。赵刚还问了句，你朋友怎么这么有空，老和你一起出去玩。钱丽娜说，又不是同一拨人。赵刚说，不会是男人吧？钱丽娜笑了起来，你还怕我给你戴绿帽子？赵刚说，这个事儿，怕不来。钱丽娜说，知道就好。从四川回来，钱丽娜对赵刚说，我们结婚吧。因果关系明了，没什么好怀疑的。"合适"，钱丽娜说得对，合适，他也这么想。钱丽娜这件事，他不过是碰巧知道罢了，如果不知道，那它就不存在。他不知道钱丽娜有没有想象过他，如果有，他会说，你所有的想象都是真实的。即使像赵刚这么安静的人，他也有过两个姑娘。钱丽娜不知道，如此而已。

　　在这儿停会儿吧。钱丽娜说。她伸展了下腰身，眼前的视野开阔了一些，一边是海，一边是山林。赵刚把车停在路边。正午，阳光炙烤着公路，树林间有蒸汽升腾起来。钱丽娜说，赵刚，我们在一起几年，你信任我吗？赵刚说，两个人在一起，信任是个前提吧。钱丽娜咬了下嘴唇说，有点事儿我想和你说。我说完了，你自己考虑。赵刚摇下车窗，露出一条缝，热气扑了进来。他点了根烟，什么事儿这么严肃？钱丽娜伸出手说，你给我根烟。赵刚抽了根烟递给钱丽娜，给她点上。钱丽娜深吸了口烟说，其实，我有事儿瞒着你。赵刚说，正常，人总会有点隐私，有点不想说的话。他看着钱丽娜拿烟的手说，没想到你还会抽烟。钱丽娜弹了弹烟灰说，以前抽，戒了好些年，偶尔抽一根。赵刚说，戒了好。钱丽娜转过头，望着赵刚的脸说，赵刚，我在外面一直有人，刚断不久。赵刚抽了口烟说，哦。钱丽娜说，我知道你知道。赵刚说，知道。钱丽娜说，你知道吧，你这样让我非常害怕，没有男人像你这样。赵刚说，那你觉得怎样才是正常的？钱丽娜说，你骂我一顿，打我一顿都好，至少说明你在乎。你这算怎么回事？赵刚抽了口烟说，都文明社会了，能接受就一起过，不能接受就算了，有什么好闹的？钱丽娜说，赵刚，我知道你善良，可你这温温暾暾的样子我不喜欢。赵刚说，我只是觉得没必要。钱丽娜说，你老实告诉我，你想不想揍我一顿？赵刚掐掉烟头说，为什么非得这么暴力？钱丽娜说，你别管暴不暴力，就问你想不想？赵刚说，也想过。钱丽娜说，什么时候？赵刚说，看到你那条微信的时候，你在洗澡。钱丽娜说，那你为什么不冲进来揍我一顿？赵刚说，我觉得没意思。我有什么权利揍你？你想和谁在一起，那是你的自由。钱丽娜说，你说的全是狗屁，说得像个知识分子，不过不爱罢了。赵刚说，我爱你。钱丽娜说，我不信，一个字都不信。赵刚说，我真爱你。钱丽娜说，你不爱。赵刚说，那要怎样才能证明我爱你？钱丽娜说，你连嫉妒都没有，你女人和别人上床，你居然像没事儿一样，你怎么能证明你爱她？赵刚又点了根烟，他有点烦躁了。他不过是想找个合适的人结婚，不想讨论这么复杂的问题。这些问题，三十岁之前他已经讨论过无数遍。现在他三十五岁了，再讨论这个问题显得过于荒唐。他也难以理解钱丽娜，她二十八了，到底有什么好折腾的？钱丽娜化了淡妆，她的五官算不上精致，却也合情合理。她的眼睛有点红，想哭的样子。赵刚拉住钱丽娜的手说，好了，不说这些不开心的了，我们的日子，我们好好过就行了。至于别的，管它干吗呢？钱丽娜说，我很害怕，一想到我们过几个月就要结婚，我越来越害怕。赵刚说，你要是害怕，晚点结也行，都几年了，也不急这一时。钱丽娜突然说，赵刚，你打我一顿吧。赵刚笑了起来，我为什么要打你？钱丽娜说，你打我一顿，你舒服了，我也舒服了，过去的事儿就算过去了。赵刚说，你别闹，我都说了没事。钱丽娜拉住赵刚的手说，我求你，你打我一顿好不好？狠狠地打我一顿。这荒郊野岭的，没人看见。赵刚说，这不是有没有人看见的问题，我为什么要打你？钱丽娜说，刚才你也说过，你想过要打我一顿。那说明你想打我，既然你想打，你为什么不打我一顿呢？赵刚说，我不和你闹，我们回去吧。说罢，发动了汽车。

钱丽娜一把拉开车门，跳下车，站在路边说，赵刚，你下来。赵刚只好把刚发动的车熄火，绕到钱丽娜身边说，你这是要干吗？钱丽娜说，你打我一顿。赵刚锁好车说，这么大太阳，热得很。钱丽娜拉着赵刚的手说，我们去那边树林里。他们穿过马路，跨过路边的栏杆，走过路边齐腰的草丛，进了树林里。一走进树林，一股浓郁的青涩气味扑进鼻子，另一种热包裹着他们。钱丽娜站在赵刚对面说，现在没人看见，你不用害怕。赵刚望了望四周说，这林子和我们老家蛮像的，不少松树。钱丽娜说，你别转移话题，打我。赵刚说，我舍不得。钱丽娜说，你打我，狠狠地打我。这个女人给你戴绿帽子了，你为什么不打她？赵刚说，你能不能别再提这个话题了，还要不要过了？钱丽娜抓住赵刚的手说，你打我啊。赵刚举起手，轻轻地拍了一下钱丽娜的脸说，好了，打过了，我们走吧。钱丽娜说，你能不能用力点，像个男人那样？钱丽娜猛地握住赵刚的手，迅速抽了自己一个耳光。"啪"的一声，清脆又响亮，赵刚浑身一震，他看着自己的手发呆，这是怎么了？就在赵刚发愣的瞬间，钱丽娜又拿赵刚的手抽了自己一个耳光。钱丽娜叫起来，打她，狠狠地打她，打死这个贱人。看过的那行字跳到赵刚的面前。那会儿，他遏制住了往前翻看的欲望。他知道，往前翻看，只会让他更不愉快。他能想象出前面的内容。他以为他可以理性地看待这一切，他似乎也做到了。他忍着，试图装作不知道。那段时间，他常常失眠。有时晚上醒来，看着躺在旁边的钱丽娜，他有种强烈的失真感，还有荒谬感。他为什么一定要有个女人，为什么一定要结婚？甚至，他为什么要恋爱，为什么不可以克服这种人类的低级情感？他为自己做不到而感到羞耻。钱丽娜激发着他，他似乎看到钱丽娜正躺在一个陌生男人的身下，发出愉快的呻吟。那声音和体态，和他看到的不一样。他吐出两个字："婊子。"愤怒的情绪充斥着他的身体，他狠狠地扇了钱丽娜一个耳光，一脚踹在钱丽娜的肚子上。钱丽娜叫了一声，身体蜷曲起来躺在地上。赵刚浑身充满了力气，他像足球运动员追逐足球一样，一脚一脚踢着钱丽娜的屁股、腰和鼓胀的乳房。树林里充满钱丽娜惊慌的叫喊和赵刚愤怒的诅咒。他追逐着她，打她，踢她。当他抓起一块石头，准备朝钱丽娜头上砸下去时，钱丽娜抓住了他的手，睁大眼睛说，你是想杀了我吗？她脸上有血。赵刚抓着石头的手愣住了，像是从梦游中醒来。钱丽娜衣服上沾满了绿色的草汁，还有土色。她站起来，理了理头发和衣服，和颜悦色地对赵刚说，你看，其实你有多恨我，你自己都不知道，你想杀了我。赵刚站在旁边，无所依持的样子。他刚才到底干了什么，疯了吗？钱丽娜拉起他的手说，我们走吧，你打过我了。

　　回到车子边上，赵刚脸色煞白。他从车尾箱拿了几瓶水，给钱丽娜洗过脸，漱过口。两人上了车，车子里面热得透不过气来。赵刚头上满是汗，他的手在发抖。他发动车，开了冷气，半天没有动。突然，他扇了自己一个耳光说，我他妈这是干吗了，疯了吗？钱丽娜说，你没疯。你知道吗？这才是你真实的一面，你一直过得太虚伪了，虚伪得连你自己都以为那是真实的你。赵刚又抽了自己一个耳光。钱丽娜说，知道吗？刚才你想杀了我。钱丽娜喝了口水，舔了舔嘴唇，肿了，还有她的腮帮子，鼓了起来，像是她突然胖了一圈儿。车里凉了起来，赵刚眼神散乱，看看钱丽娜，又迅速把眼睛挪开。钱丽娜对赵刚说，我饿了，想吃东西，我们去渔港吧。赵刚掉过头，车快速向渔港驰去。海在他的左手边，正午的大海，阔大而平静，像是风暴永远不会到来。赵刚看到海面的渔船，它们密集在海湾里，有种庄严的纪律感，连渔船都有自己的队列，它们并不是随意地停泊在海面上。

　　过了午餐时间，餐厅依然热闹，人比高峰期略略少了一点。赵刚买了只象拔蚌。钱丽娜上周末说想吃象拔蚌刺生，可他们没有出门。刺生端上来，钱丽娜夹起一片，点了点酱油芥末，她的嘴扭曲成奇怪的形状。赵刚问，怎么了？钱丽娜摸了摸脸说，疼。赵刚给钱丽娜换了个碟子说，你别点芥末，辣。钱丽娜叫了两瓶啤酒，她说想喝一点。她给赵刚倒了一杯，喝一杯吧，一杯啤酒，坐一会儿就没事了。那杯啤酒，赵刚从冰凉喝到温热。天太热了，即使他们坐在空调旁边，赵刚还是一身的汗。吃完饭，他们继续在餐厅坐了一会儿，老板给他们泡了壶茶。几个人懒洋洋地坐在餐厅里，连话都懒得说，时不时看看对面的大海。下午三点，钱丽娜眯了一会儿醒来说，我们回去吧。车沿着海岸线开往铁城的方向。如果顺利，要不了两个小时，他们会回到南湾半岛。过了海湾，进了山间，钱丽娜看了看前方说，认识你前，我去过日本，这儿和日本真是挺像的。赵刚说，看过东山魁夷的画吗？钱丽娜说，看过，在日本，他名气大得很，好点的美术馆都有他的画。钱丽娜似乎心情不错，她哼了两首歌，哼完，她对赵刚说，你把莫言那首诗再读给我听听。赵刚又读了一遍。钱丽娜照例笑了起来，她说，莫言老师太逗了，我都要爱上他了。喝了两杯假茅台，泪水落在美人怀。有趣有趣。赵刚，你觉得我美吗？赵刚说，美，没有比你更美的了。钱丽娜说，我告诉你一个秘密，其实，我就是外星人的妈。赵刚笑了一声，他看见前方的道路明亮得失去了体积感和色彩，一万个太阳落在地球上，四周散发出空洞的光，让一切失去存在感的光。在那片近似空虚的透明中，一个黑影漂移出来，他看见两个外星人向他走过来，伸手扶住他，进入那片透明之中。他看见他的车变成土星的形状，外面有一道漂亮到无与伦比的光环。

丧家犬

老孟握了下拳头，关掉电脑。这台电脑刚搬进来时，还是最新、配置最高级的电脑。六年过去，早就破败不堪，像是身体千疮百孔的老人，一开机"呼呼"作响。办公室多次说要给老孟换台新的，老孟不肯。他说，用习惯了，懒得换。电脑老是老了点，运行速度也慢，大的毛病倒也没有。老孟不着急，他经常看着电脑慢慢地打开页面，光标缓缓地移动。他对这台用了六年的电脑有种理解的同情。不愿意换电脑，倒不是老孟不想要新的，一想到大量的文件要整理，存到新电脑上去，他觉得麻烦。

关掉电脑，锁上办公室的门。出门右转三五米，再沿着办公楼的走廊走十几米，便是电梯处。老孟的办公室在九楼，下了电梯，穿过公司大堂，迎面是铁城的主干道。道路宽阔，中间的隔离带上种着高大的棕榈树，两头细中间粗，看起来像一只只修长的日式花瓶。天气略有点阴沉，南方的天气，雨说来就来。老孟抬头看了看天，天空中一片铅色，重而压抑。在公司门口站了几分钟，老孟打了几个电话，约朋友们一起吃饭。铁城小，不像北京，约个饭局要提前两三天。在铁城，哪怕你已经坐在桌子边了，菜也点好了，这时打电话约人，也没有关系。顺利的话，半个小时内，大家都能坐在一起谈笑风生。朋友之间，没有人觉得下班了再约饭局是件失礼的事。当然，重要的宴请，还是要提前约，以示尊重。打完电话，老孟随手叫了辆的士。等他赶到，桌子上已经坐了三个人。老孟放下包说，哥儿几个都挺快的。老谭点了根烟说，你号召，那兄弟们还能不赶紧过来？都是十多年的老哥们了，什么都不用讲，菜还是原来的几样。在这条街上吃了十几年，刚开始他们沿着顺序一路吃过去，吃完整条街，选了几个店，然后固定在一个店里。店固定了，他们把每个菜都吃过一遍，选定了十几个。以后再来，就在这十几个菜里选。老板见到他们，也不客气，连菜单都懒得给，随口问一句，还是那几个？还是那几个。一会儿，菜就摆上桌了。到了这个年纪，不光口味变得稳定，朋友圈也是，懒得再去认识新人。

　　酒喝到下半场，夜里十一点了。店里原本满满当当的人散了大半，只有几桌和他们一样的酒鬼还在战斗。老孟喝得沉默，一口一杯。刚开始，大家都没在意。老孟一直这个脾气，话不多。几个老朋友一起喝酒，也懒得问什么，大家彼此知根知底，有些话根本不用说出口。老孟话少，节奏却不慢，一个一个地碰过去。碰了一遍，又来一遍。老谭感觉不对劲了，他放下酒杯说，老孟，你今天不对。老孟一手拿着酒杯，一手拿着烟说，怎么不对了？老谭说，不是你这个喝法，你这一遍又一遍地打圈，有点求醉的意思。老谭说完，哥儿几个都觉得不对，放下杯子看着老孟。老孟说，都看着我干吗，喝酒，喝酒。老谭说，是不是有什么事儿？有事儿说，看哥儿几个能不能帮上忙。老孟举起酒杯说，喝不喝，还喝不喝？老谭说，你这个样子，我反正不喝。老孟猛地一口喝完，重重地顿下杯子说，不喝算尿了。哥儿几个拿起杯子喝了，又给老孟倒上说，老孟，你别发脾气，哥儿几个不也是关心你吗，怕你有事。老孟说，我没事。又喝了几圈，老孟放下杯子说，跟哥儿几个说个事儿。一桌子人看着老孟，安安静静的。老孟说，我辞职了。老孟说完，老谭点了根烟，抽了几口说，什么时候的事？老孟说，今天，刚刚把辞职报告交了。老谭说，想好了？老孟说，有什么想不想的，又不是什么大事儿。说完，又喝了一杯。

老孟的事儿，老谭知道得多。他们两个住得近，平时除开喝酒，老谭经常去老孟家里玩。这些年，老孟过得不太顺心。

他在铁城一家著名的上市公司上班，收入不错。老谭在一家事业单位上班，和老孟比起来，他那点收入简直不值一提。他羡慕老孟，却没那个本事。老孟去公司上班，也不是他想去。他和公司董事长吴希凡熟，吴希凡亲自找到他，希望他过去帮忙。原本，老孟在广告公司，日子过得自在，属于想去就去，不想去躺家里睡觉也没人管。之所以这么自在，原因也简单，老孟确实有本事，长于营销策划，对企业经营管理也有一套。他出过两本企业管理的书，当年都是爆款，这在铁城是不得了的事情。吴希凡请他过去时，承诺让他负责主编公司内刊，同时也参与管理，有机会再慢慢转到经营这一块儿。老孟想了想，答应了。虽然他在广告公司过得舒服，收入也不错，毕竟发挥的空间有限，如果去了这家公司，自己的管理才华也能发挥出来。他谈管理，属于理论型，说得难听点，算是纸上谈兵。有机会去指挥一支军队，没哪个有野心的将军不想去。更何况，吴希凡还说，上班时间他自己安排，开出的薪酬在他现有的基础上翻一番。朋友们都支持老孟去，收入是一个方面，更重要的是有个发挥的平台。上市公司，还是搞投资的，怎么也比广告公司有前途。老孟进去之后才发现，他把事情想简单了。吴希凡确实器重他，只要在公司，几乎每天都会到他办公室坐坐。按照公司的规定，像他这个职级，连中层都不算，是要坐在格子间和其他同事一起办公的。吴希凡特意给他安排了一间办公室，办公室位置也好，离吴希凡办公室不远，又隐蔽，平时没什么人打扰。老孟也满意。

头一两年，老孟主要负责编辑公司内刊。这对老孟来说太简单了。从组稿、写稿到设计、印刷，老孟一手搞定。他在广告公司多年，这些业务太熟了。内刊工作不多，两个月一期，薄薄的一本，六十来个页码。平时没事，老孟研究管理，也写点文学作品，诗歌散文之类的。吴希凡到他办公室，老孟泡茶，和他聊天，谈管理，也谈公司各种复杂的人事。时间长了，老孟发现，他成了吴希凡的智囊。他提供的思路很快变成了吴希凡的操作方式，他的位置却没什么变化。老孟爱面子，也不好直接和吴希凡提，毕竟薪酬真真实实地给了。吴希凡也和老孟说过几次，让他不要急，等机会合适，他一定会做的。待了两年，老孟慢慢明白了他的处境。他被全公司看成吴希凡的人，大家面上都敬着他，心里却不一定喜欢，总觉得他是个威胁，有什么心里话也不会和他讲，怕他给吴希凡打小报告。这么一来，老孟在公司成了孤家寡人，位置尴尬得很。前两三年，公司里经常有人请他喝酒，谈的还是公司的事。意思老孟非常明白，他们希望通过老孟，把他们的想法传给吴希凡，最好还能帮忙美言两句。老孟不喜欢这种酒局，自然也不会去传话。再后来，同事之间见面，虽然还是客客气气的，却没人约老孟吃饭了。最要命的还不是这些，老孟发现，很多事情，吴希凡也做不了主。比如说安排一个人，只要是中层或以上的职位，方方面面的关系都要考虑，市里面也会直接参与，毕竟这是国企。几年之后，老孟看明白了，这公司也成了鸡肋。

在铁城，老孟日常相处的朋友只有几个。平时一起喝酒，多半都是老孟买单，大家也习惯了，他收入高，没什么负担。他们认识时，都是三十左右的年龄，说大不大，说小不小，大体上都有一份过得去的工作，职场经验也有一些，正处于热血青年向油腻中年过度的年龄。生活说不上富足，也绝不至于拮据。老谭他们都结婚了，有孩子，家庭负担还有一些。老孟看起来一身轻松的样子，进进出出只见他一个人。他们都以为他没有结婚，还是单身。直到有一天，哥儿几个喝多了，说起家庭生活，一个个身在地狱之中的样子。谈起生活中的琐事儿，夫妻之间的鸡零狗碎，孩子的花式调皮，还有各种意料之外的开支，纷纷摇头叹气，都说老孟牛逼，一人吃饱，全家不饿，想怎么过怎么过。老孟突然说了句，你们怎么知道我没有结婚，怎么知道我就没有烦心的事儿？老孟说完，哥儿几个都愣了一下。老谭笑起来说，你结个屁的婚，从来没见过你老婆。每次出来喝酒，也不见有个电话催你。老孟说，我真结婚了。老谭说，我不信。又问桌上的人，你们信吗？都不信。老谭不信自有他的原因，他去老孟家那么多次，从来没见过他老婆，家里也没有一点女人的气息，他怎么可能结婚了？

后来，他还是信了，不得不信。那是他们认识几年后的事情，老谭去老孟家也去了几十次。每次去老孟家，两人在老孟书房吹牛聊天。老孟家房子不大，一百平方米出头的样子。一进门是客厅，客厅边上有个小厨房和洗手间。里面三间房，一间是老孟的书房，相比较房子的面积，书房大得有点离谱。老孟说，他扩建了书房。另外两间，门总是关着的。刚开始，老谭也没在意。去朋友家里，基本的礼貌还有，不会随便进人家房间。去的次数多了，老谭对老孟说，房间还是要经常通风透气，老是关着，空气不流通，不健康。老孟说，没事。老孟说完，老谭也没多想，各人有各人的习惯，再说了，老孟一个人，也用不了那么多房间，关着就关着。通常情况下，他们在书房吹完牛，等到天快黑了，打电话约朋友们喝酒。除开上厕所，两人基本都在书房待着，连客厅都很少去。老孟书房有张沙发床，老谭斜斜地靠在上面，舒服得很。沙发床边，有个巨大的窗子，窗外对着公园。如果天气好，公园里总有人放风筝，草地上总有人铺着垫子，孩子们总在追逐打闹。那天，老谭内急，打开书房门想去上厕所，走到客厅，他愣住了，有个女人正从洗手间出来。见到老谭，女人微笑了一下，也没有说话，快速闪进了房间，把门关上，整个过程悄然无声，像一只猫。老谭还记得女人的样子，白白的，微胖，比他略矮一点，样子说得上漂亮。上完洗手间，老谭回到书房对老孟说，老孟，怎么回事？老孟从书桌前抬起头说，什么怎么回事？老谭说，刚在客厅我看到个女人。老孟说，我老婆。老谭瞪大眼睛说，你真结婚了？老孟说，这个事情我骗你干吗。老谭不得不信了，他妈的，吓我一跳。

天黑了，两人准备出去吃饭。老谭想约两个人，老孟说，今天就不约了，就我们两个吧，喝点酒，说几句话。临出门，老谭说，叫你老婆一起吧。老孟带上门说，不用了，她也不会去。他们找了老孟家附近的一间大排档，点了几个菜。老谭开了瓶酒说，他妈的，你老婆吓了我一跳，突然冒出个女人，白惨惨的，有点瘆人，还好是白天，不然要吓死了。老孟说，夸张了吧，哪有那么吓人。酒喝到半夜，老谭总算把老孟和他老婆的关系搞清楚了，他看着老孟，还是有点不相信。根据老孟的描述，他和他老婆认识八年，结婚六年。刚认识他老婆那会儿，看起来一切正常。结婚两年后，她开始接触一种他也说不出名字的宗教。从那以后，世界全变了。她沉迷于神的世界不可自拔，每天，除开学习教义，对什么都没有兴趣。很快，她辞职回到家里，从此闭门不出。老孟想过很多办法，都没有用。老婆一天比一天封闭，一天比一天不爱说话，对老孟也完全失去了兴趣。老婆的房间，老孟进去过几次之后，再也不想进去了。倒不脏，桌椅擦得干干净净，书籍摆得整整齐齐，就是气氛有些诡异。为了更深入地理解教义，她开始学习英语。很快，她的英文达到了可以阅读经典的水平。她把所有的时间都用在了翻译教义上，她认为她在传播神的福音，将拯救人类于愚昧和痴怨之中。至于生活，完全不在她的考虑范围之内。老孟说，你说的神没有给你食物，你吃的东西、用的东西，都是我给你的。她望着老孟说，那是因为神安排你来。老孟说，我也可以走。她说，那也是神的意志。老孟说，你会饿死的。她说，神早就安排好了这一切，无须恐惧。听老孟讲完，老谭说，难怪你从来不愿意谈起你老婆。想了想，老谭说，要不你们生个孩子吧，可能有了孩子，什么都好了。老孟摇了摇头说，她是真的超脱了。喝完酒散场，老孟对老谭说，这事儿你知道就好了，别到处说。老谭答应了，回过头，他还是说了。哥儿几个再看到老孟，有点不知道说什么好的感觉。老孟想必知道老谭说出去了，也不点破，这种事情，迟早大家都会知道的，想藏也藏不住。

　　听说老孟要辞职，老谭还是有点不放心。毕竟，不管怎么说，工作还是个好工作。在铁城多少人想要这份工作，求之而不得。老谭和老孟碰了下杯说，老孟，这是个大事儿，建议你还是考虑清楚，别一时意气用事。老孟反问了老谭一句，一起玩了这么多年，我是意气用事的人吗？老孟说完，老谭闭了嘴。哥儿几个，要讲理性，没人比老孟更理性。平常喝酒，老孟喝得再多，也会保持残存的意志，他要回家。即使躺，也要躺在家里的地板上。不像老谭他们几个，喝多了像疯了一样，路边上能躺，KTV 的沙发能躺，连他妈的洗手间也能躺。就说老谭，好几次喝多了，还是老孟把他从酒吧洗手间扛出来的。不光喝酒，要讲做事，老孟在哥儿几个中也是最靠谱的，他答应了的事，基本不用操心，他会办得妥妥当当的，中间甚至不用打个电话问一下。老谭换了个话题，怎么想到要辞职了？老孟说，没什么意思，再待下去像个笑话。老谭说，工作嘛，养家糊口，想那么多干吗。就说我，你以为我喜欢我那工作？他妈的天天看人脸色，不就是讨口饭吃吗。老孟说，这个饭我吃烦了，不想吃了。说完，老孟给自己倒了杯酒说，再说，我也没什么负担。咬了咬牙，老孟说，我离婚了。来，喝一杯。听老孟说离婚了，老谭倒一下子放心了。凭老孟的本事，到哪儿都能活下去，没老婆没孩子，更是自由了。即便如此，老谭还是多说了句，能不辞就不辞吧，干什么都差不多。老孟说，我还能去把辞职报告要回来不成？喝完酒，凌晨两三点了。老孟有点多了，摇摇晃晃的。老谭想要送他回去，老孟不肯。他甩开膀子，跑了起来，跑到离老谭十几二十米的距离，站定，大声唱起来："是否我，真的一无所有，黑暗之中沉默地探索你的手。"他的声音苍凉激越，凌晨的街道上，偶尔有车跑过，只有风还在一阵阵地吹着。老孟摇摇晃晃地往家里走，像是想从地狱走回人间。

等老孟醒来，下午两点多了。他起床，洗了个澡，刮了胡子。辞职报告虽然交了，还没批。按道理说，他还要去上班，不然算旷工。有没人管是一回事，怎么做是另一回事。他不想去公司，办公室还得去一趟，有些东西要拿回来，特别是电脑上的资料。他写了些东西，存在公司那台电脑上，别的地方没有。下楼吃了碗羊肉汤，又坐了一会儿，老孟缓过劲来，昨天的酒喝得实在有点多了。几乎每次喝完大酒，老孟都想吃一碗羊肉汤。老谭他们的经验是喝白粥，就咸菜，他不行，他还是更喜欢羊肉汤。他想，他体内肯定住着一个西北人。说起西北，老孟真的想去一次了。这些年，他去过不少地方，却一直没有踏入西北地界。去办公室的路上，老孟盘算着，过几天，他要去西北，别的事儿先不管了。走进公司办公楼，有同事和老孟打招呼，老孟点点头。他走进办公室，收拾东西。东西很少，几本书、一件外套和午睡的枕头。他去办公室要了个纸箱，所有的东西装起来，不过一个纸箱，轻飘飘的。老孟在窗子边站了一会儿，有鸽子飞过去，天空中瓦蓝一片，远处是树木和房屋灰色的顶，还有铁城 CBD 闪闪发光的玻璃外墙。真是荒唐啊，老孟想，居然混了这么多年。他打开电脑，电脑吱吱呀呀地响，老孟点了根烟。等电脑开机，老孟清理了文件，有用的打包发到信箱，没用的直接删除。他关掉电脑，想着该走了。他站起身，正准备走，电话响了。老孟拿起手机一看，吴希凡电话，他挂掉了。电话又响了，老孟不得不接了电话，他不想吴希凡过来找他。老孟，你回公司了？我到你办公室来。吴希凡的声音。老孟说，不用了，我准备走了。你别这样，我们聊聊。回头聊吧。老孟挂了电话，准备走，他看到吴希凡举着手机过来了。

关上办公室门，吴希凡问老孟，怎么突然想到要辞职？老孟说，也没什么，干了几年，觉得没意思了。吴希凡说，如果是薪酬的问题，我来解决。老孟说，不是这个事，我自己的问题。进公司这么多年，吴希凡对老孟说得上照顾，虽说职位没有调整，薪酬却是一直在涨。用吴希凡的话说，别的方面我有亏欠，钱上不让你吃亏。公司里面，位置就是钱，但位置比钱更值钱。给老孟加薪，没人在意，反正又没有抢他们的份额。位置就不一样了，抢一个少一个，而且只有抢到一个位置，才可能有更好的位置。吴希凡给老孟发了根烟说，老孟，这些年辛苦你了，我对不住你。老孟接过烟说，不说这话，大家心里都明白。吴希凡说，要不再想想，辞职报告我退回来。老孟说，千万别，我东西都收拾好了，你别让我难堪。吴希凡说，那晚上一起吃饭吧，算是告个别。老孟说，不了，不了，昨天晚上喝醉了。吴希凡说，反正昨天醉过了，今天再醉一次又何妨，就这么说定了。临出门，吴希凡扭过头说，辞职补贴的事我处理，你放心。老孟笑了笑，他根本没有想过这事。如果为了钱，他就不辞职了。他也知道，这么清闲的工作，这个薪水，在铁城，怕是只有这一份了。

一出公司门，老孟订了从广州到成都的机票。他想从成都进藏，然后去青海和甘肃。既然出来了，那就游荡一番吧。老孟读过不少关于西藏的书，当然还有小说，他甚至还知道有个作家叫扎西达娃。至于青海和甘肃，他知之甚少，那里的一切对他来说都是陌生的。这十几年来，去西藏几乎成了文艺青年的标配。他自认不是文艺青年，只是想去一下，没什么特别的原因。他不打算穷游，又不是没有钱，就是想把自己伺候得舒服一些。没错，这似乎一点也不文艺，他也没打算文艺。在白云机场，老孟手机收到一个信息，他的工资卡上收到一大笔钱，数额之大超过老孟的想象。按规矩，他最多只能拿其中一半。想了想，老孟给吴希凡发了个信息，收到了，谢谢。发完信息，老孟关机了。还不到登机时间，他看着显示屏上的航班信息，他坐的班机还没有延误。飞到成都，老孟没有急着进藏，他在成都待了四天，吃了六顿火锅。他约了大学同学，还有前女友。他喝酒，他哭闹，他像个神经病，他是个疯子。这才是他原本的样子。在铁城，他像一只紧锁的蚌，外人只能看到坚硬的壳。他前女友离婚了，他们一起睡了三个晚上。白天，前女友带他四处闲逛。晚上，他们喝酒。喝完酒，回到酒店，他狠狠地操她。她掐他，咬他。离开成都那天中午，他们泡了半天茶馆。要去车站了，前女友说，我送你吧。他说，不用。他叫了辆的士。前女友发了个信息给他，你说过你永远不来成都。他说，我变了。前女友说，你没变，你还是老样子，任性，理想青年。他说，我配不上理想二字。前女友说，别再来成都了。

站在布达拉宫前的广场上，老孟有点不习惯高原透亮的阳光，他眯着眼睛。那个画面他太熟悉了，见过无数次。他坐下来，抽了两根烟，情绪平稳，毫无波澜。布达拉宫站在那里，没有主动靠近他一寸。他想起了朋友的两行诗："在灯火的明灭中，在隐秘的洗礼中／他原谅了世界对他的冒犯。"他想到，人活着多么可怜，似乎总是在害怕冒犯了这个世界。可是，谁他妈想过，这个操蛋的世界又是如何冒犯了我们？他穿过青海进入甘肃，沿途到处都是星月的尖顶。他突然想起了他的前妻，她现在怎样，她还好吗，她还活着吗？和前妻离婚后，老孟删掉了前妻的电话。刚开始，他还记得。很快，他发现，他想不起来了。那个和他一起生活过快十年的女人，他曾经熟悉她的肉体多过熟悉自己的肉体，她给了他欢乐。什么时候，他们开始变得陌生了？他们生活在同一个屋檐下，却不再说话了。她的肉体，她的声音，她脖子下美好的气味，老孟都淡忘了。他对她的记忆寒酸到只剩下一个电话号码。现在，这个电话号码他也忘记了。她成为不存在的人，还不如一个让人惊悚的梦境。这个女人真的在他的生活中存在过吗？老孟恍惚起来，他是不是编了一个故事，捏造出一个不存在的女人？鸣沙山的月亮，洞窟中的飞天，它们都有圆润的脸。它们都在发光，神圣而又纯洁，像是全世界的妹妹。

　　从甘肃回来，老孟黑了瘦了，两只眼睛却精光闪闪。一路上看过什么，忘得差不多了。他记得一只秃鹫，还有雪山顶上白帽子似的积雪。车在高原上穿行，远处的雪山安静肃穆。他是在下午遇到那只秃鹫的。高原上空黑云涌动，小雨夹杂着雪花。他去看湖，据说那里的湖水是仙女的眼泪。老孟穿着羽绒服，打着伞，沿着狭窄的小路往湖边走。他看到前面路边黑乎乎的一团，走近了，才看清是一只秃鹫。它蹲在路边，雨水落在它耷拉着的翅膀上，它丑陋的脑袋往下滴水。老孟看到了它的眼睛，里面有种无法描叙的内容，深而空洞。那双眼睛如同灰黑的湖水，深不可测。老孟掉了进去。他对老谭几个说，你们知道吗？那会儿，我觉得我就是那只秃鹫，站在雨水里，孤独又倔强。老谭说，你这出去大半个月，就看了只秃鹫？老孟说，够了，也值了，我总算知道我是个什么东西了，不过是只食腐的大鸟。

　　和老谭他们喝完那顿大酒，老孟消失了一段时间。老谭给他打电话，语音提示关机了。老谭有点担心，怕老孟出问题。想了想，又觉得不会，他能出什么问题？偶尔，老孟会给他们打电话，约着一起吃个饭。老孟也买单，只是不像以前那么积极了。如果有人提前买，老孟也不说什么，换在以前，他会生气的。谁组局谁买单，这是规矩。他们的饭局从一周两次变成一周一次，再后来一月一次，直到随机。刚开始，大家在饭局上还会想起老孟，时不时提起来，慢慢地，没人提起了。老孟像个幽灵一样退出了这个圈子。虽然退出了，还是会有消息传过来。铁城太小了。老孟离开铁城了，老孟又回来了。老孟开了个小公司，老孟和谁吵了一架，类似这种消息。对老谭来说，老孟干什么，他不关心。他和老孟的联系日渐稀少，他的电话经常打不通，即使打通了，老孟也很少接。在老谭看来，老孟是在回避，不想和大家保持亲密的接触。既然如此，他也没有必要死皮赖脸地凑上去。每次经过老孟家楼下，老谭会朝窗口望一眼，而不会像以前一样，一高兴就上去敲门，也不管老孟在不在家。

这种若即若离的状态，保持了三四年。很快，他们的联系又密切起来。这次，是老孟主动的。他逐一给老朋友们打电话，约他们到家里吃饭。他特别强调，到家吃饭。接到电话，老谭有点纳闷，去你家吃饭？老孟说，嗯，家里。老谭说，还是不要了吧，麻烦得很，我们去老地方好了。老孟说，都说到家里吃饭了，你就别推三阻四的。挂掉电话，老谭觉得不对劲，又打电话给其他人，都觉得不对劲，还是去吧。去之前，老谭特意带了包茶叶，他知道老孟喝茶。以前去老孟家，多半是空手，去得多，带东西显得太生分了，也没有必要。这次不同，老孟主动约去家里吃饭，就有了做客的意思，而且几年没去过，空手也不合适。老谭到得晚，等他到了，人就齐了。老谭把茶叶递给老孟说，今天有点反常啊，哥儿几个从没在你家吃过饭。他朝厨房看了一眼，里面亮着灯，听得见炒菜的声音。老谭说，还请了厨师，高级。正说话间，一个女人端着盘菜走了出去，笑吟吟地和大家打招呼，你们先坐会儿，很快好了。老谭看了老孟一眼，老孟把头转了过去。等菜齐了，都坐上桌了，女人给大家开了酒。老谭细细看了女人几眼，应该还不到三十，二十七八的样子，眉眼间有点老孟前妻的意思，脸上烟火气重些，不像老孟前妻给人超然世外的距离感。酒都倒上了，老孟举起杯子说，给大家介绍下，小高，高丽萍，我老婆。老孟说完，一伙人叫了起来，恭喜恭喜，老孟，这就是你不对了，结婚了也不告诉哥儿几个。老孟说，前几天领的证，这不约哥儿几个了吗。那顿饭吃得舒服，高丽萍欢欢喜喜地招呼大家。老孟看高丽萍的眼神，宽和慈爱，不像恋爱的年轻人，他确实大了高丽萍十来岁。这个年龄差倒也合适。高丽萍快三十了，懂事了，从场面上看得出来。这和二十出头的小姑娘不一样。老谭喝多了，他站在椅子上给大家唱了首歌。喝完酒，高丽萍收拾碗筷，他们几个去老孟的书房抽烟聊天。老谭躺在窗边的沙发上，天边三五颗星子。他闭上眼睛，太舒服了。有几年没躺过这张沙发了，他怀念这种感觉。

　　结婚后的老孟和以前相比，有了些变化。先是衣着上。以前，老孟衣着随便，经常上身穿着皱巴巴的西装，下身一条运动裤，脚上套着双褪色的球鞋。他的衣领似乎从来没有挺括过，总是一副蔫头巴脑、没有精神的样子。有了女人的照料，老孟变了，全身上下整洁协调，胡子刮得干干净净，像个正常的居家过日子的男人。见到老孟的变化，老谭替他高兴，他说，小高人不错，好好对人家。从老孟的言谈举止看得出来，他对高丽萍颇为满意。朋友聚会，他经常带高丽萍出来，两口子坐一起，时不时咬着耳朵说话。老孟告诉他们，高丽萍怀孕了，他很快要当爹了。老孟的眉眼间，洋溢着藏不住的喜悦。他该高兴，四十多岁了，他终于快有一个自己的孩子了。由于孩子，老孟做了些规划，不能再像以前那么过了。以前，哪怕还没和前妻离婚，他在经济上也没多大压力。离婚后，更是一人吃饱全家不饿，过了几年自在日子，没怎么为钱操心。工作这么多年，老孟积蓄还有一些，不瞎折腾的话，也够维持十年八年的基本生活。何况，他还能赚点钱，花得又不多。老孟没什么花钱的爱好，买点书，喝点酒，一套衣服能穿上十年。结婚之后，不一样了，除开自己，他还得考虑老婆孩子。高丽萍在私企上班，工作不忙，收入一般。老孟想过让高丽萍换个工作，结合高丽萍的条件考虑了一下，即使换个工作，收入也不见得会高，那就没有意义了。要是在几年前，老孟找找关系，可能还能把高丽萍塞到某个待遇不错的单位。这几年老孟过得逍遥自在，人情却是疏远了，突然去找人家，即使人家愿意帮忙，老孟也不好意思，他拉不下这个脸。目前，老孟还不用为钱担心，他手头的积蓄还够他们花上几年。问题是孩子一生，要花钱的地方就多了，还不知道哪里是个头。他得像只鸟一样，飞出去，给他们找回食物。老朋友们聚在一起，老孟话题中的烟火气渐渐重了。他对老谭说，以前从来没为钱操过心，现在不行了，马上有个小兔崽子要来了，我的好日子怕是过到头了。老孟开了间小公司，做的老本行，广告设计，连员工带他自己，只有六个人。以前，公司不死不活，没赚钱，似乎也没亏钱。老孟也不在意，他没花多少心思在公司上，从没指望公司给他赚钱，只是不想闲着无聊，纯粹当打发时间。高丽萍怀孕后，老孟想法有点变化。见到老朋友，老孟半开玩笑半认真地说，有业务就关照下。大家都笑，老孟，你还在乎那点小钱，我们这点业务，怕你看不上眼。老孟说，蚊子腿上也是肉，我见肉就想咬一口。

　　对老谭来说，老孟重回朋友圈当然值得高兴。更让他们高兴的是，回归朋友圈的老孟身上有了烟火气，不像以前，老是云山雾罩、世外高人似的。有了这点烟火气，他们之间的距离更近了。有些话，说得更肆无忌惮，完全不用藏着掖着。老孟游离的那段日子，他们还是有些失落，像是处于群龙无首的状态。大家照旧一起喝酒，却少了点精气神。老孟一回来，他们的精气神也都回来了。遇到事情，问问老孟意见再去做，他们放心些。在眼界上，老孟还是高出一筹。回到人间的老孟，没以前那么严肃了，话也多了，脸上活泛起来。好几次，他开玩笑似的说，有赚钱的机会，记得拉兄弟一把。这样的话，换在以前，老孟无论如何是说不出口的。说的无意，听的有心，老谭想，老孟怕是真的想赚钱了。私下里，老谭和老孟讨论过，他对老孟说，你现在有空闲，不如再去写本书，以前你的书不是卖得挺好吗。老孟摇头说，以前写书是为了好玩，也是纸上谈兵，那和真正的管理有距离。再说，写本书能赚几个钱？我给你算算，我这种层次的，能卖两万册顶天了。一本书三块，两万册六万，扣完税，五万块钱，这点钱顶什么用？还不说要花多少时间多少心思。老谭说，那也比没有好啊。老孟说，这不是个办法，靠这个，我全家得饿死。老谭问，那你有什么打算？老孟说，还是要找项目来做，一个项目做起来了，问题就解决了。我不怕跟你说实话，到我这个岁数，非常麻烦。以前拿高薪拿惯了，你让我去上个班，每月领个万儿八千的薪水，我没什么兴趣。再说了，在铁城，也没几个公司愿意聘我。不是我自夸，我在铁城也算有点名声的人，把我聘过去，怎么安排？给少了，我不干。给多了，人家觉得划不来。给位置，也不好安排，高不成低不就，谁愿意请个爷回来？老谭说，你说得也有道理。老孟说，老谭，我和你讲，你这份工作好好做着，虽说发不了财，安稳。我现在是尴尬了，只能靠自己拼，能拼出一条活路，那当然好。要是拼不出来，也只能苦熬着。老谭说，要不你找找吴希凡，他赏识你，再回去上班嘛。老孟说，老实说，我也不是没想过，终究还是抹不下这个脸。不到万不得已，不能走这么丢人的一步。老谭说，找项目怕是也不容易。老孟说，哪有容易的事，不过还是要找，该联络的人联络起来，人脉通畅了，项目可能就做起来了。

回到朋友圈的老孟给他们带来了陌生的朋友，他们原本稳定的饭局流入了新鲜的空气。饭局的话题变得多样起来。他们从生活的琐事儿、朋友圈的八卦、国际政治经济形势、娱乐和热点新闻中摆脱出来，聊的话题更多地转向了做项目、赚钱。吃饭的地方也换了，从朴素喧哗的南下食街转移到了铁城著名的文化地标三溪村，啤酒白酒逐渐被红酒代替。这一切转换得如此自然，甚至老谭都没怎么觉察。那一两年，老谭跟着老孟见了各色人等，他们拿着计划书畅谈他们的商业构想，还有不少已经展开的商业项目。在环境的影响下，原本对商业没什么兴趣的老谭也大致了解了当下流行的商业模式，各种专业名词脱口而出。

老谭还记得饭局上第一次出现新鲜空气的场景。他们在南下喝酒，老孟来得比较晚，那天下雨。他们约的六点半，老孟说，你们先开始，不用等我，我晚点，谈点事情。七点半，老孟没来。八点半，老孟还是没来。老谭忍不住给老孟打了个电话，你到底来不来？老孟说，来，我肯定来。九点半，老孟来了，身边跟着个高瘦的中年人，斯斯文文的样子。见到老谭他们，老孟说，让哥儿几个久等了，刚和高总谈点事情。老谭说，你吃过了吧？老孟说，吃过了，主要是想过来和哥儿几个喝杯酒。说完，拿了两个杯子，一个放在高总面前，一个摆在自己面前。喝了几杯，老孟说，高总这儿有个项目不错，你们看看有没有兴趣。老孟说完，高总开始讲，一边讲一边和大家碰杯。等高总说完，老谭大概听明白了。只要交1888元会费，你就可以参加公司国际旅游项目。1888元能干什么？你去旅行社报团，差价都不止这个数。但你只要交了这个钱，不光可以参加公司组织的优惠旅游，如果引荐新会员，还会获得分成。老谭看了老孟一眼，他有点疑惑，这么个破东西，老孟真有兴趣？等高总走了，老谭忍不住了，他问老孟，老孟，你真觉得这是个好项目？老孟喝了口酒说，你觉得呢？老谭说，我觉得这是个傻逼玩意儿，这种东西要是能骗到人，我也是服气。老孟慢慢地说，你觉得是骗人？老谭说，这不是明摆着的事儿吗？老孟说，我不关心是不是骗人，这个和我没关系。我只关心，如果是你，你会不会报名。老谭说，我不会。老孟说，那我和你讲，如果你打算去欧洲，去旅行社报团的差价超过1888，你会不会考虑？老谭说，这个就复杂了，我得考虑服务等等。老孟说，你看，你语气已经松动了，这意味着你可能会考虑。好了，即使你不准备去欧洲，如果你身边有朋友想去欧洲，你只要动动嘴，就可以拿到钱，这事儿，你可能也就顺便做了。老谭说，你这样说就没意思了。老孟说，有意思，你低估了人性的贪婪。老谭说，老孟，你这样想很危险。老孟说，做事情，风险总是有的。说完，补充了句，当然，我不认为这个模式好，确实也挺愚蠢的。雨下得滴滴答答，老谭有点烦躁，他不喜欢这个样子，太飘了，让人没有安全感。他看着老孟，老孟的脸带着一层雾气，看不出他在想什么。在灯光的照射下，雨点晶莹透亮，一颗颗像黑色的珍珠般从屋檐掉落下来。

孩子满周岁那天，老孟请了一大帮人吃饭。乌泱泱的十几桌，具体多少桌，老谭没数，反正挺多的。认识老孟这么多年，老谭没见过老孟这么大阵势请客。老孟结婚，没摆酒，连结婚照都没拍。高丽萍想拍，老孟说，算了，我这么大年纪了，拍了也不好看。高丽萍不高兴，也没有办法。老孟不愿意的事情，谁说都没用。结婚后，了解了老孟的脾气，高丽萍依着他。给孩子做周岁，还是老孟提出来的。高丽萍没做指望，孩子满月没请，周岁正常来说也不会请。老孟要请，高丽萍当然愿意。和老孟结婚后，正常的人情世故，老孟都省了，虽说少了些麻烦，高丽萍还是有点不满足，好像生活缺少了点结实的证据。她就这么和老孟结婚了，生孩子了，在她看来，总有点偷偷摸摸的感觉。所以老孟一说，高丽萍就同意了。她想在老孟的亲戚朋友面前正式大范围亮个相，她又不是见不得人。老孟打电话给老谭时再三交代，就是过来聚聚，热闹一下，什么都不要带，也不收礼金。老孟这么说了，老谭不这么想。他给哥儿几个打电话，老孟好不容易摆次酒，空着手去不合适吧？都说不合适，礼金肯定是要给的，至于多少可以商量下。商量后，说好了都给八百。先封好，到了现场，要是来宾都不给，老孟也不收，那就算了。只要有人给了，哥儿几个少不得。老谭到了坐下来，朝四周看了看，大半人不认识。老孟在铁城没什么亲戚，十几桌人，几乎全是男的，女的很少。这和正常的周岁宴不太一样。孩子周岁，按说姑婆嫂姊的多，这么多男人，说明这可能都是老孟的朋友圈。老谭把红包塞给高丽萍，高丽萍说了句"谢谢"，把礼金收了。老孟忙着招呼客人。老谭看到了吴希凡，吴希凡进来时，老孟和他站在旁边说了几句话。

　　招呼完客人，老孟挨桌敬酒，高丽萍抱着孩子。孩子壮壮实实，样子更像老孟一些。到了老谭他们这桌，敬过酒，老孟说，一会儿你们先别走，再找个地方喝点儿。高丽萍说，还喝还喝，你这一圈下来喝多少了。老孟说，高兴，喝点儿，没事。老谭说，一会儿看情况，我们肯定不会先走。老孟笑了起来，这也是，去哪个场，我们都是留到最后的。九点多钟，席上的人渐渐散了。送走最后一拨客人，老孟和高丽萍说了几句，到老谭身边坐下。高丽萍原本出了门，又抱着孩子走过来说，你也别太晚了，怕孩子晚上闹。老孟说，我知道了，放心。高丽萍抱着孩子走了。老谭看着老孟说，你还能喝吗？老孟说，每桌走个形式，也就十几杯酒，这会儿才是主场。老孟这么说，老谭高兴，他心里还有这帮哥们儿。重新拿了酒，上了几个新菜。老孟说，老谭，不怕你笑，我今天是真高兴。老谭笑起来，老来得子，应该高兴。说罢，举起杯子敬老孟。老孟一路眉开眼笑的。喝到后面，老孟有点多了，突然脸色一变，冒了句，为了个孩子，丢人啊。老谭说，别瞎扯，丢什么人，哪个还没给孩子做过周岁。老孟说，我说的不是这个事。老谭说，那还有什么？老孟说，你看到吴希凡了吧？老谭说，进门就看到了，他那个样子，显眼。老孟说，我找他了。老谭愣了下。老孟接着说，我去找他，让他安排个工作。老谭说，我还以为什么呢，为了生活嘛，这有什么，又不是违法乱纪的事。老孟说，我去找他，请他吃饭。我跟他说，吴总，我从来没求过人，今天我求你件事儿。吴希凡说，老孟，只要你开口，只要我能做到的，你说。我跟他说，你能不能给我老婆安排个工作？老谭，你知道吧，我去求人给我老婆安排个工作。老孟脸上一片沉痛之色，老谭给老孟倒了杯酒说，理解嘛，都理解，我要是有这个资源，我也会这么干。老孟一直摇头，一边摇头一边说，你说，老谭，我怎么混到了今天这个地步？我要去求人给我老婆安排个工作。老谭说，老孟，你喝多了，早点回去。老孟说，今天什么都不说了，哥儿几个陪我喝好。这个羞耻，我跟别人说不出来。老谭问，那他解决没有？老孟说，前两个月跟他说的，去上班几天了。老谭说，那就好，吴希凡这个人还算仗义。老孟说，我有点后悔结这个婚了，我还生个孩子干吗。老谭说，老孟，你这么说就不对了，有家有口的，多好。来来来，喝酒，不说这个了。

老孟喝高了，吐得一塌糊涂，裤子上鞋子上到处都是。等老孟吐完，稍稍好了些，老谭扶着老孟回家，一路上老孟嘴里嘀咕着，丢人啊，丢人啊。把老孟送回家，高丽萍还没睡，坐在沙发上等他。见老谭送老孟回来，高丽萍说，我知道他今晚要喝多，又不敢给他打电话，怕他生气。老谭说，你让他发泄一下也好，老孟这个人我知道，特别要面子，这几年他压力也大。高丽萍说，老谭，我跟你说实话，我对他没什么要求，日子能过就可以了，我也不求大富大贵，一家人安安生生的，比什么都好。老谭说，我知道，他这个人对自己要求高。高丽萍说，他在铁城没几个说得来的朋友，你有空多开导他，他这个样子，我不放心。我要是贪图富贵，也不找他，又不是没有有钱的人找我。我喜欢他干干净净的。他现在想得太多了，我说他不听，也不好多说。老谭说，你放心，合适的时候，我劝劝他。从老孟家出来，老谭心里有点酸楚，不光为老孟，也为他自己。他的那份工作，忍了快二十年了，还在做着。二十年，小孩子都长大了，他还在那里。他一眼可以望见未来，他老了，他退休了，他死了。

过了几天，老谭给老孟打电话，约他一起去钓鱼。老谭说，有个朋友包了个山头，养鸡养鱼，一起过去玩一下。老孟答应了。去的那天，老孟开车，载上老谭。进了山，路两边满是高大的楠竹，大腿那么粗。穿过了竹林，地势稍稍开阔起来，沿着山坡栽了不少榕树，还有杧果、木瓜、荔枝之类的。老孟一边开车一边说，这个地方倒是蛮舒服的，以后有机会也搞一个，算是安度晚年了。老谭说，你还这么年轻，谈什么安度晚年。老孟说，你真以为我们年轻？开玩笑，不管承不承认，都是人到中年了。老谭说，中不中年无所谓，日子慢慢过着。老孟说，你今天约我出来是有话要说吧。老谭说，也没什么。老孟说，你就别骗我了，我们认识这么多年，除开酒桌和开会碰到，什么时候还开展过钓鱼这种活动？老谭说，话倒是也有几句。老孟说，你直说，别躲躲闪闪的，又不是外人。老谭说，来之前，好像是有好多话想说，到了这儿，好像又没什么说的。老孟说，那等你想起来再说。车在两栋独立的别墅前停了下来，老孟看了看四周，景色真是不错，远山如黛，近处果木葱茏。不远处有个鱼塘，鱼塘边上树荫厚实。老孟和朋友钓过几次鱼，湖边上，没个遮盖，戴了帽子，还是晒得脱皮。两人拿了鱼竿鱼饵，找了个阴凉的地方坐下，放了鱼线。老谭点了根烟，顺手扔了根给老孟。浮标半天没动，老孟有点坐不住了，塘里有鱼没有？老谭说，有，前些天我还来钓过，一两斤一条的罗非。钓了一上午，老谭钓了五条罗非，一斤左右一条。老孟也钓了两条，差不多大小。吃过饭，两人开车回去。老孟说，老谭，你搞得我有点不知所以了。老谭说，没点什么事儿，你还不习惯。老孟说，感觉太奇怪了。老谭说，真没什么，就是想约你散个心，别整天太绷着，人累得很。快到家了，老孟说了句，老谭，我手头正在搞一个项目，搞完这个，应该可以收山了，过几天我跟你讲。老谭说，你的项目，我应该参与不了。老孟说，这个不一样。把老谭送到门口，老孟握住老谭的手说，老谭，谢谢了，你的心思我懂，你放心。

忘了多长时间，一个月或者两个月，这个不重要。对老谭来说，一两个月不过转眼的事情。过了四十岁，老谭发现，有些朋友再次见到，似乎也没多久，一算时间，一两年过去了。说起朋友之间的交往，动不动十年二十年来计算。他和老孟，交往快二十年了，当时怎么认识，两个人都想不起来。老孟给老谭打电话，约到家里吃饭。老谭说，不方便吧，你家里有小朋友。老孟说，没事，有点事和哥儿几个说，家里方便些。老谭说，那好。挂掉电话，老谭有种预感，老孟这次说的事，应该和他提到的项目有关，而且，他们可以参与。下了班，老谭买了点水果。高丽萍开的门，见到老谭，高丽萍很高兴，说，来就来，还带什么水果，太客气了。老谭说，楼下买的，也不是什么贵重东西。和老孟在书房坐了一会儿，人来齐了。高丽萍做好了菜，摆了满满一桌。把酒倒上，老孟举起杯说，今天约哥儿几个，没别的事，给大家介绍个项目。老孟这么一说，大家都把杯子放下了，准备听老孟说。老孟说，边喝边聊，别太拘谨了。老孟的项目，大家听过不少，从南下食街听到三溪村。这几年，听得太多了。说的虽然多，靠谱的几乎没有。对此，老孟的解释是，做项目怎么可能一下子就中，谈一百次，有几次做成就很好了。这次，可能也是这样。只有老谭，他觉得这次可能不一样，要不，老孟不会约到家里来。老孟问，你们听说过云客享没有？老谭没听过，扭头看了看另外几个，也是一脸茫然的样子。老孟说，没听过就对了，以我的判断，很快这个项目会铺天盖地，街头巷尾到处都是。老谭说，什么项目这么牛逼？老孟说，我只问大家一个问题。如果你去买东西，你花出去的钱，会分期还给你，直到百分之百返还，你干不干？

老谭说，干，当然干，问题是天下怎么会有这种好事？老孟说，有。老谭说，就算天上掉馅饼，也不可能这么掉，百分之百返还，那商家赚个屁的钱。老孟说，别的你们不用管，我仔细测算过，这个模式当中，只有商家会吃亏，消费者和平台都不会吃亏。老谭说，会不会是传销或者非法集资？老孟说，有点不一样。老谭又问，合法吗？老孟说，以后我不清楚，现在可以搞，而且下手要趁早，晚了什么机会都没了。老谭说，我还是觉得有点不靠谱。老孟说，别的我不敢说，三年之内没有问题。老谭问，怎么搞？老孟说，简单，把钱拿出来，找参加云客享的楼盘买房子，能买多少买多少。你别看现在铁城楼价低迷，三年之内，铁城的房价至少要翻两番，到高点出手。老孟说完，老谭说，老孟，你这不是做项目，是赌博啊，没你这个玩法。老孟说，我把我两套房子都办了抵押贷款，再加上以前的存款，我准备出手了。老谭举起酒杯说，老孟，你玩得太大了，我有点担心。老孟说，富贵险中求，不然永远翻不了身。老谭望了高丽萍一眼说，你同意了？高丽萍说，开始我也不同意，既然老孟看好了，那随他。老谭说，老孟，别的话我不说了，谨慎点，真的，谨慎点儿。我们这个年纪，伤筋动骨的事情做不起了，比不得二十来岁的时候。老孟喝了杯酒说，我跟哥儿几个说这个，没别的意思，这是个空子。这个模式合不合法，未来会怎样，我们不用考虑，重要的是把这个便宜占到。不参加这个项目没关系，可以以消费者的身份占点便宜。反正你要买东西，能返还一分都是赚的。从老孟家里出来，老谭问哥儿几个，你们觉得靠谱吗？几个人都说，先看看老孟做得怎样，我们不急嘛。

老孟的行动速度快得让老谭有点反应不过来。一拿到贷款，老孟在东区买了三套房子，都是一百零几平方米的。老孟说，做投资，又不是自住，一百来平方的最好出手。三套房子分布在三个不同的小区，均价五千出头，全是云客享商家。办好了手续，老孟开始供楼，云客享的返现每天准时打到他的账户上。老孟拿着手机对老谭说，现在信了吧？每个月返现的钱，我再加一点点就够供楼了，等于我只付了首期，靠返现基本能供楼了。很快，在铁城，老孟用云客享供了三套房子的故事流传开来。铁一样的事实让无数商家相信了他，老孟通过云客享平台供了三套房，还有什么好怀疑的呢？他的业务拓展得风风火火。和老孟预料的一样，过了不到半年，云客享遍地开花。酒楼饭店、教育培训、装修家私，各行各业都参与其中。老孟买房后，老谭家里要装修，他找了家装修公司，也是云客享商家。当他每天收到返现时，老谭快要疯掉了。他问老孟，老孟，还来得及吗？老孟说，还来得及，就看你敢不敢了。再且，想清楚，小花销无所谓，买房子还是谨慎点，你说得没错，这是赌博。我买房子，是确信它会涨，如果不能涨起来，那也是砸在手里了。老谭想了想，还是不敢。铁城的房价一直很稳，稳到什么程度？十年时间，均价从三千涨到五千。他不相信三年内能翻两番。

等云客享做到满街都是，老孟收手了。他退了出来，不再做云客享的业务。做的人多了，难做。再且，愿意加入这个平台的加入得差不多了，没有加入的，也不会加入了，都知道晚了，意思不大。老孟说，要找点正经事情做做了。他说这话在一年后，铁城的房价表现出强劲的上涨势头，老孟买的三套房子，均价快一万了。老谭说，老孟，差不多了，可以出手了。老孟说，不行，还没到点上，不到两万，我不会出手。老谭说，你疯了吧，两万。老孟点点头说，两万，这是我的底线。房价这个东西，一旦涨上去，很难下来，就算下来，也不可能跌到原点，反正我是赚的，为什么不再等等？老谭问，云客享还做吗？老孟说，不做了，这个模式有问题，我只是趁机赚点钱，怎么可能陷在里面。这个东西发展得太快了，要不了两年，应该会砸掉。老谭说，那怎么办？老孟说，砸就砸了，和我们有什么关系？作为消费者，能占点便宜就占，占不到就算了，还能怎样。老谭说，老孟，你他妈太坏了。老孟笑了笑，我也是生活所迫，不然谁愿意干这个。

铁城还是铁城，老谭还是老谭，老孟清闲起来。和大家一起吃饭，他穿回了舒服的套头衫，拖着双拖鞋。经常出现在他身边的各色人等退去，他一个人来，一个人走，干干净净的。对老孟的这种变化，老谭他们高兴，他们早就烦死了那些人，一个个油头粉面的，一坐下来夸夸其谈，不着边际，一张口就是几个亿，要不就是几百亩地，只是碍于老孟的面子不好说出来。现在好了，世界清静了。除开高兴，嫉妒多少也有一点。都知道老孟手上有五套房子，他的后半生不愁了，光收房租也够他过的了。老孟喝酒比以前节制了，毕竟有孩子，意识到身体不是他一个人的。儿子还小，他算过，等儿子成年，他都是六十多岁的人了。他不指望儿子养他，也不想给儿子增加负担。刚入社会的青年，能养活自己就不错了，他还得给儿子准备点。到那个时候，他老了，没有赚钱的能力，只能啃老本。老孟和老谭商量，等房子出手了，他想包个山头，种果树。老谭说，种果树见效慢。老孟说，慢有什么关系呢，等挂果了，正是我们要钱的时候。老谭说，你想怎么搞？老孟说，我一个人也不是包不起，铁城大把山头，包一个要不了多少钱。你要是有兴趣，我们一起搞。你出点钱，入个股，事情不用你干。我不是闲着吗？我来搞。老谭想了想说，那行。老孟说，靠几个死工资，过日子还行，想过宽裕，难。老谭说，你去搞，告诉我入股多少合适就行。老孟说，行。

　　和老孟预料的一样，铁城的房价站稳八千后，迅速开始发力，接二连三的利好消息刺激着铁城的楼市。一到周末，深圳、广州、珠海的炒房客乌泱泱地涌到铁城，他们连房子也不看，划卡交钱，买房走人。那段时间，周末到铁城找老谭的外地朋友，基本都是来买房的。他们找到老谭，让老谭介绍下区位，然后匆匆赶到售楼部。不到三个小时，他们又回来了，钱给了，下订了。刚开始，老谭还问，你们不考虑下吗？他们说，哪里还有时间考虑，你去售楼部看看，跟抢白菜一样，再考虑，狗屎都抢不到了。后来，老谭不问了，心烦。有次，老谭坐车去机场，身边四五个操着东北口音的大妈。听她们说话，老谭意识到，铁城的房子真是疯掉了。这几个大妈专程从哈尔滨飞广州，又转车到铁城买房子，言语之间尽是抢到手的喜悦。铁城房价刚开始涨时，老谭想买，犹豫了。这一犹豫，再想买，老谭发现他买不起了。老孟卖房子那会儿，正值铁城房价迅猛上涨，他买的三套房子，均价突破了两万，原来的两套也接近两万的价位。老孟要卖，老谭劝他，真是搞不懂你，房价还在往上涨，你急着卖什么。老孟说，这个时候不出手，等房价稳了，出手就难了。再说，它已经到了我的预期，不要贪，差不多就可以了。他果断卖掉了。房子卖得很快，三套房子，从挂出去到卖掉，短短两个礼拜。不光这三套，老孟还把原来出租的那套房子卖了。他说，铁城的房租这么低，这个房价下，拿房子放租，太划不来了。卖掉四套房子，老孟手上有了大笔现金。老谭带着酸味说，老孟，你他妈现在怎么也是千万富翁了吧？老孟算了算说，即使没有，也差不多吧。老谭替他算了一下，三套房子，每套两百多万，这就六百多万了。加上原来那套，八百万差不多了。他原来还有积蓄，一千万应该是有了。老谭问，你拿这么多现金，有什么想法没？老孟说，讲过了，包山头，搞果园。老谭说，那也要不了这么多啊。老孟说，剩下的，搞点稳健的投资，我这个年纪，经不起折腾了。这几年，我气都吐不过来，这会儿才算缓过劲来，我经不起波折了。老谭说，也是。老孟说，高丽萍有份稳当的工作，也不指望她升职加薪，只要能维持着，家里也够用了。我把这点钱看好，过点自在日子，也好得很。老谭忍不住骂了句，你他妈还想怎样，过的神仙日子。

等云客享崩盘，铁城的房价回落到一万五左右，老孟包好了一片山头。山头原来有人包，老孟包的二手，便宜得像是白捡的。卖家说，原本想得挺好，把山头搞好，朋友们有个活动的地方。他妈的，花了这么多钱，发现一年来不了几次，太浪费了。老孟接手过来，暗自惊喜。基础设施都搞好了，两栋房子，鱼塘也挖好了，山坡上没动，正好用来种果树。老孟找人把房子重新粉刷了一下，添了点家具，他特意做了三间客房。都搞好了，老孟请老谭他们过来玩。老谭他们站在房子前的空地上说，这里还是很荒凉啊。确实荒凉了点，不像他们上次去钓鱼的地方。老孟说，我又不是搞农庄，要那么繁华干吗。果园就要像个果园的样子。老孟在鱼塘里养了鱼，请了两个工人，管理果园，兼带做饭。老孟整天带着两个工人在山头忙碌，他晒黑了，也壮实了。他种了半坡的枇杷，还有半坡的龙眼。到了周末，老孟出山和老谭他们喝顿酒，喝完回家。他得陪老婆孩子过周末。对老孟的状态，最满意的当然是高丽萍了。老孟不再四处奔忙，不再神神叨叨。平时，带孩子累是累点儿，想到家里一切稳稳当当，高丽萍觉得踏实。偶尔，高丽萍带着儿子去果园看老孟，儿子倒是高兴。老孟养了两条土狗，还养了鸡。果园搞得怎样，高丽萍一点也不在意。她相信，老孟肯定有办法让果园变出钱来，赚不赚无所谓，只要不亏就行。她高兴的是老孟充满了对生活的热情，他把果园当成了他的归宿。等果园挂果了，高丽萍想再生个孩子。

窒　息

　　张一鸣坐在院子里喝茶。鸡蛋花开了几朵，有红的，也有白的，稀稀落落地顶在枝头。再过几天，花全开了，便是蓬蓬勃勃的一簇。他喜欢鸡蛋花，大气简单，没有细繁的枝叶，树干也干练，清清爽爽的样子。吴一梅给他泡了茶，她老家的特产，没名字，家人自己炒，一年四五斤，自己喝。吴一梅把这茶看得贵重，从来舍不得送人，要喝可以，到家里来。张一鸣喝过几次，他不懂茶，口感说不上好。只知道每次酒后，第二天泡上一壶，几杯下去，整个肠胃润帖了。他求吴一梅送她两罐，吴一梅不肯。张一鸣死皮赖脸，吴一梅缠不过他，毕竟大学同学，太熟了，勉强送了一罐。喝完，张一鸣不好意思再要。几杯茶下去，张一鸣的酒气散去，魂魄回到了身上。吴一梅走出来，喝了杯茶问，想吃点什么？张一鸣说，要是有一碗热气腾腾的清汤馄饨就好了。吴一梅说，你这要求还挺多的，馄饨就馄饨，还清汤，还热气腾腾。张一鸣说，我这不是对你撒娇吗。吴一梅笑了，你知道要点脸不？说罢，起身去了厨房。过了一会儿，端了个大汤碗出来，清汤上浮着细碎的香菜末儿。张一鸣弯下腰吸了口气说，香，真香。吴一梅说，加了半勺猪油。张一鸣说，清汤馄饨，当然要加猪油。吃完，张一鸣一头的汗，神清气爽。他往椅子上靠了靠，舒服地伸了个懒腰。吴一梅说，吃也吃了，喝也喝了，说吧，打算怎么办？张一鸣说，不打算怎么办。吴一梅说，你几个意思？张一鸣说，没几个意思。你这是打算赖着不走了？什么叫赖着不走，你能不能有点同情心。

我要是没同情心，你能舒舒服服坐这儿喝茶？吴一梅站起来，进屋拿了袋鱼粮。鸡蛋花树下，做了水景，曲曲折折一条，从鸡蛋花树下流过去。水道四壁长满水藻或是青苔，水看起来青黑的一池。吴一梅把鱼粮撒到水里，红黑黄白的锦鲤肥肥壮壮地游了过来，挤成忙乱的一团。她上身单着一件小背心，下身紧身的牛仔裤，虽然快四十的人了，身材依然保持良好的线条。张一鸣坐在椅子上，看着她的手臂细细地扬起来，一下，一下，又一下，好看。等吴一梅喂完鱼，又坐到桌子旁，张一鸣看着她说，其实，你挺好看的。吴一梅笑了，什么屁话，我什么时候不好看了。张一鸣说，以前没发现，现在越来越觉得。

吴一梅说，得了吧，我还不知道，你从来没觉得我好看过。大学那会儿，你追的都是什么姑娘？花瓶，全花瓶。还好，没一个花瓶要你。张一鸣说，也不全是，你就不是。吴一梅一口茶差点喷了出来，你什么时候追过我？张一鸣说，我没说，你就不明白了？吴一梅说，真不明白，完全没感受到。张一鸣说，你啊，神经比男人还大条。吴一梅说，要不怎么和你做哥们儿做到现在。坐了一会儿，张一鸣问，老赵还没起来？吴一梅说，周末不睡到十一点不肯起，何况昨天还喝了酒。你们两个，也不是小年轻了，真是作死的喝。张一鸣说，老赵仗义。吴一梅说，他再仗义，你也不能跟他这么喝了。我告诉你，我真生气的，逼急了我跟你翻脸。张一鸣说，别，这个城市我可就你一个朋友了，跟谁翻脸也不能跟你翻脸。

　　大学毕业，张一鸣和吴一梅来了铁城。两人没什么关系，都到铁城完全是凑巧，没一点刻意的成分。刚到铁城那会儿，混得都不太好，吴一梅在机关上班，按部就班，朝九晚五。张一鸣去了一家著名的民企，收入倒是不错，工作强度大得让人崩溃。前两年，两人见面，胡吃海喝一顿，全是各种牢骚。那会儿，两人都单身，按说谈个恋爱挺好。奇怪的是，虽然几乎每个周末都一起玩儿，却从来没往那个方向想。有几次，两人都喝多了，开了房，和衣抱着睡，抱得亲热，也亲嘴，更深入的却是没有。几次下来，两人都相信，彼此只有做哥们儿的份，恋爱确实是谈不起来了。都喝多了，都睡一张床上了，嘴也亲了，还没有来一发的冲动，那肯定没有爱情。有天，吴一梅说，我真要在机关这么混吃等死吗？张一鸣说，没有必要。吴一梅辞职下海。张一鸣问，为了点钱，真的要成为一台人肉机器吗？吴一梅说，不值得。张一鸣转身辞职，投身铁城刚刚冒头的房地产行业。一晃，十来年过去了。

　　桌子上摆了一碟开心果，还有几块曲奇。张一鸣点了根烟，深深吸了一口。他掏出手机看了一眼，有三个未接电话，同一个号码。又看了看微信，浏览完，他胸口觉得闷。他把手机关了。今天阳光不错，他想舒舒服服过一天。这几天他睡得不太好，即使昨晚和赵毅阁喝了一晚上的酒。好笑的是他们还去了酒吧。上次去酒吧，怕是五六年前的事情了。过了三十岁，张一鸣很少去酒吧，太闹了。昨晚，和赵毅阁吃完饭，他们已经喝了四瓶红酒。吴一梅说，可以了，别喝了。张一鸣说，我们去酒吧吧。吴一梅说，张一鸣，你能不能别闹？还去酒吧，也不想想自己多大岁数了。赵毅阁拍了拍吴一梅的手说，他想去就去嘛，你让他放纵一下。吴一梅说，真想去？张一鸣说，真想。吴一梅开车，把两人送到酒吧门口。张一鸣说，一起去吧。吴一梅说，我又不喝酒，去酒吧有什么意思。张一鸣说，你也喝点儿。吴一梅说，不喝。赵毅阁说，她不去就算了。两人进了酒吧，又喝了两打啤酒。张一鸣又蹦又跳，疯了一样。等他醒来，他发现他躺在床上。在床上躺了一会儿，吴一梅进来了，醒了？张一鸣说，我又喝多了。吴一梅说，你还记得？张一鸣摇摇头说，不记得。吴一梅笑了起来，昨晚你那个闹啊，要不要看看，我拍了视频。张一鸣脸一热说，不看，要脸。吴一梅说，醒了就起来，活动活动，舒服些。喝了茶，又吃了碗馄饨，张一鸣精神了。吴一梅吃了块曲奇说，吃完午饭，我送你回去吧。张一鸣说，你这是赶我走？吴一梅说，周晶给我打了好几个电话。张一鸣眉头紧了一下问，她说什么了？也没什么，问你是不是在我这儿。你怎么说？我能怎么说，当然说在了。她还说什么了？没说什么。吴一梅望着张一鸣，老这样也不是个办法。张一鸣说，你就让我透口气吧。

　　张一鸣家离吴一梅家不远，不过二十分钟的车程。铁城本就小，高档社区几乎全部集中在东区，沿着贯穿东西的主干道铺排开来。张一鸣住在富宁街南湾半岛，铁城著名的富人区，里面全是单栋的别墅，家家户户都用院子围了起来，里面种满了各色花木，不少人还养了肥壮的藏獒。买别墅是周晶的意思，她说，我们又不是买不起，为什么不让自己住得舒服些呢？张一鸣更喜欢住高层，以前的房子他很喜欢。每天早上起来，站在阳台上，看着天际线处的云彩，他总有莫名的感动。城市灰白的屋顶，偶尔飞过的鸽群，多么好。搬进别墅后，张一鸣的视线低了，一眼看过去，密密麻麻的花木，要不就是坚硬的钢铁围栏。他觉得他像一条狗，被关在了昂贵的笼子里。周晶个子不高，勉强一米六，也瘦，体重不过四十三公斤。这么矮瘦的一个女人，像一个钢铁战士，这是张一鸣没想到的。认识周晶之前，他从来没想过他会娶这样一个女人。那会儿，张一鸣赚了点钱，在房地产公司做到了中层，收入稳定，进出也是体体面面的。朋友介绍周晶给张一鸣认识，还特意交代，周晶是本地人，家世不错，祖上出过举人。她在中心小学做老师，结婚后孩子读书的问题也解决了。周晶家住在老街，那是铁城最原始的城区，现在快变成旅游区了，老街坊大多搬了出来，把老房子租给别人做民宿、餐厅、咖啡馆什么的。只有少数人家还住在那里，大概是拗不过老人的意思。刚来铁城，张一鸣去过那条街，街口有一个大牌坊，里面有几个规制稍小的，据说都是以前中了进士后修的。和周晶好上后，周晶带张一鸣去过她家，屋里阴暗，院子里种了棵枇杷。周晶说，她是吃着树上的枇杷长大的。还对张一鸣说，等结了枇杷，带他回来吃。他后来吃过，确实甜。去的那天，只有周晶爷爷奶奶在。张一鸣问，你爸妈呢？周晶说，他们不住这儿。见周晶带男朋友回来，爷爷奶奶高兴，留张一鸣吃饭。张一鸣也没推辞，还和爷爷喝了两杯酒。从院子里出来，张一鸣搂着周晶的腰，想亲周晶。周晶推开他的脸说，你要娶我。张一鸣愣了一下。周晶说，我第一次带男朋友回来，给我爷爷奶奶看过，那就算是定了。张一鸣说，娶，当然娶。周晶矮瘦归矮瘦，长得还不错，让张一鸣意外的是她居然有一对不小的乳房。

　　结婚前，两人约会，再晚周晶也要回家。张一鸣想过把周晶给睡了，一个正常男人，他的欲望蓬蓬勃勃。他带周晶去他的公寓，按在床上，嘴也亲了，乳房也摸了。他伸手脱周晶的裤子，周晶一下子弹了起来，疯了一样捶打张一鸣。她的力气那么大，一副拼死反抗的样子，把张一鸣给吓坏了。等周晶整理好衣服，脸色正常起来，张一鸣小心翼翼地问，你怎么了？周晶大概是意识到过分了，说，对不起，我不想。张一鸣说，我们在谈恋爱，这有什么呢？周晶说，我也知道没什么，还是不行。张一鸣说，我娶你。周晶说，等我们结婚了，你想怎样，都随你。这样的事发生过几次，张一鸣收手了，两人的亲密点到即止，他不想闹得太尴尬，也不想让周晶觉得，他只是想睡她。和吴一梅说起，吴一梅先是大笑，笑完说，也挺好的，女孩子保守点没什么不好。张一鸣说，你说，她是不是不爱我？她都二十五岁了，我不信她没和别的男人睡过。吴一梅说，张一鸣，你这么想是不是有点猥琐了，有意思吗？张一鸣说，也是，还是精虫上脑。

结婚那天，张一鸣喝多了，等闹洞房的人散了，他连站起来的力气都没有了。他隐约记得周晶帮他冲了个澡，擦干身子，把他扶上床。躺在床上，张一鸣努力不要睡去，周晶还没上床，他要是睡着了，也太不尊重周晶了。他揉眼睛，掐大腿，使劲儿揉太阳穴，甚至还咬了两次舌头。周晶终于上床了，她关了床头灯。张一鸣伸手抱住周晶，她的身体微微发抖。张一鸣的手摸到周晶的胸前，赤裸裸的。移动到腰，往下，还是赤裸裸的。张一鸣有点意外，谈恋爱这么久，他从来没有碰过那里。他想爬起来，和周晶说两句话，趴到她身上去。他的脑子有一万颗金星在闪烁，伸手摸了摸下面，软塌塌的。他对周晶说，对不起，我喝得太多了。周晶伸手抱住了他，没事，挺好的。早上起来，张一鸣头还有点疼，周晶说，你醒了？张一鸣说，喝太多了。周晶说，你那帮兄弟，没一个靠谱的，不帮你挡着点儿倒也罢了，还使劲儿灌你。他们第一次同房是在婚后第三天。张一鸣觉得有点不对劲，他看着身下的周晶说，你怎么了？周晶说，没事，你做你的。张一鸣说，你要是不想就算了。周晶说，你做你的。她的动作笨拙生疏，身体紧张。进入时，张一鸣感觉到了阻力，他想把周晶的腿分开抬起来，那双腿在颤抖，时不时像被拉紧的弹簧一样弹一下。他看着周晶的脸，她皱着眉头，紧紧地咬着下嘴唇，表情怪异。做完，张一鸣起身，他知道事情真的不对劲了。张一鸣对吴一梅说，你知道吗，她真的是个雏啊。吴一梅说，雏不好吗？你们男人不是最稀罕这个吗？张一鸣点了根烟说，我老实告诉你，稀不稀罕？稀罕。但她二十五岁了，我有点害怕。吴一梅说，行了，你就别得了便宜还卖乖了。张一鸣说，我是真的觉得有点不对劲，感觉，我说不清楚。

　　很快，张一鸣知道为什么了。和周晶结婚后，他仿佛成了家里的局外人。他们家里，永远清晰，有条理，所有东西都在固定的位置上，一厘米都不能挪动。他进门要换一双拖鞋，进卧室要换另一双拖鞋。如果去厨房，还要换一双拖鞋，睡衣仅限从浴室到卧室。以前，张一鸣喜欢做饭。婚后，他被周晶赶出了厨房。她说，你把厨房弄得太乱了。看过周晶做完饭的厨房，他难以相信这里刚刚做完饭，干净整洁得像是没有人动过。他享受过这种感觉，短短两三个月。两三个月之后，当周晶在厨房做饭，他的茶杯放在茶几固定的位置上，他像个客人一样坐在沙发上。他想，这是一个家庭该有的样子吗？在吴一梅家里，他和赵毅阁抽烟，喝酒，随意自在。吴一梅从来不会说，张一鸣，你把茶杯放好。张一鸣，拖鞋拖鞋。张一鸣，你把你的衣服挂好行不行？他对吴一梅说，周晶怕是有强迫症吧，或者还有洁癖？吴一梅说，哪有那么夸张，女人爱干净，还勤劳，你一回家做个甩手掌柜多舒服，赵毅阁羡慕死你了。张一鸣说，你是没有看到，看到你就不那么想了。

张一鸣想约吴一梅两口子到家里吃饭，和周晶说了。周晶说，好啊，什么时候？张一鸣说，周末吧，大家都有空。约好了日子，张一鸣说，要不要准备点东西？周晶说，你不用管，我来搞就好了。周五晚上，张一鸣在家里等着吴一梅和赵毅阁。门铃响了，张一鸣正准备去开门，周晶跳起来说，我去我去。吴一梅和赵毅阁一进门，周晶利索地把两双拖鞋摆在了他们面前。到客厅坐下了，倒上茶水，周晶准备去厨房做菜。吴一梅说，要不要我帮忙？周晶说，你们先聊会儿，我很快就好了。说罢，进了厨房，随手把门也关上了。赵毅阁看着周晶，对张一鸣说，你这也太享福了，古代的地主老财怕也不会比这好了。三人围着茶几喝茶聊天，聊了一会儿，赵毅阁想抽烟，问，你家有烟灰缸没？张一鸣朝四周看了看，他想起来，他家没有烟灰缸。周晶受不了烟味儿，他很长时间没有在家里抽烟了。吴一梅白了赵毅阁一眼说，抽什么抽，污染空气。赵毅阁把烟塞回烟盒说，也是，不抽了。菜做好了，吴一梅想去帮忙端上桌，张一鸣说，你坐着吧，一会儿摆好了上桌就行，在家里她都不让我

动手。等菜摆上桌了，周晶招呼他们过来吃饭，张一鸣去酒柜
拿了两瓶红酒。到餐厅一看，张一鸣脸上有点挂不住，桌上摆
的一次性碗筷，喝酒的杯子也是纸杯。他看了周晶一眼，周晶
转过脸对吴一梅说，也没有问过你们，不知道菜合不合你们胃
口。吴一梅说，你看这一桌子硬菜，你这手艺，我们有口福了。
吃过你们家的，以后赵毅阁要骂我虐待他了。菜确实丰盛，四
个人，周晶做了八个菜，甲鱼、螃蟹、鲍鱼都有。张一鸣想发火，
又不好说，他坐下来，开完酒，拿起筷子敲了敲纸杯说，你看
看你看看，这是些什么玩意儿？喝酒都听不到个响，喝不出感
觉来。他让周晶去拿几个红酒杯，周晶坐着没动，像是没听到
一样。吴一梅说，好了好了，你就别瞎挑剔了，纸杯挺好啊，
收拾起来方便。你不做饭不洗碗的，不知道周晶多辛苦。四个
人拿着纸杯喝红酒，桌子上有股莫名其妙的别扭气息，赵毅阁
讲了好几个笑话，想活跃下气氛，张一鸣压住情绪，努力地配
合他。周晶若无其事的样子，笑眯眯地听他们说话，偶尔也插
一两句。他们的话题，周晶没什么兴趣，搭一两句，纯属礼貌
应酬。吴一梅倒是神情自若,好像什么都没看到似的。吃完饭，
吴一梅和赵毅阁刚走，周晶迅速拿出一个巨大的黑色塑料袋收
拾了餐桌。走到门口，她停了下来，张一鸣看到她把吴一梅和
赵毅阁穿过的拖鞋扔进了塑料袋。

　　临睡前，张一鸣对正在梳妆台前卸妆的周晶说，为什么？周晶扭过头，什么为什么？张一鸣说，你知道我说什么。周晶说，我不知道。张一鸣说，我觉得很不好。我朋友到家里来吃饭，你摆出一次性碗筷，你什么意思？周晶说，没什么意思，干净卫生，收拾起来也方便。张一鸣说，我觉得你这样非常不礼貌，非常不尊重人，你是不是也嫌我脏？周晶说，我没有。张一鸣说，那你说说，每次和你上床，你把我冲来洗去什么意思？周晶说，讲卫生有什么不对吗？张一鸣说，讲卫生没什么不对，我感觉很不舒服。我告诉你吧，你把我翻来覆去地洗，好像我他妈是个脏兮兮的野鸭子。周晶说，那是你的想法，我没那么想。等周晶卸完妆，洗完澡进来，张一鸣翻过身，一把把周晶压在身下说，我现在就想要，行不行，就问你，行不行？我他妈受够了。张一鸣扒掉周晶的睡衣，扯掉文胸，脱下内裤。他想进入时，听到了周晶的抽泣。她躺在床上，闭着眼睛，像一只即将被宰杀的兔子，那么无辜，那么无助。张一鸣骂了句，操。转身躺在了床上，他一点兴致也没有了。张一鸣对吴一梅说，你知道吗？从那次之后，我再也没有约人去我家吃过饭，太他妈烦人了，丢不起那个人。吴一梅说，理解。她把我们穿过的拖鞋扔了吧？张一鸣说，你怎么知道？吴一梅笑了起来，连碗都不肯给我们用一下，那拖鞋还能留着，不怕我们有脚气啊？

吴一梅笑得眼角都翘起来了。张一鸣说，他妈的，这日子还怎么过。吴一梅收住笑说，也没什么，也不是什么大事儿，你还可以出来浪嘛。

　　你还记得我们去欧洲那次吧？张一鸣抽了口烟说，快把我给逼疯了。结婚前，周晶和张一鸣说过，她想去欧洲。等到孩子上小学了，他们终于有了去欧洲的时间。出发前，他们都有一种新婚旅游的兴奋感。虽然婚后他们有过几次国内的长途旅行，那毕竟不一样，还是在熟悉的地方。有了孩子之后，两三年时间，他们被孩子死死捆住，去哪儿都不放心。孩子大了，上小学了，岳父岳母身体也好，他们可以放心地离开半个月。周晶开始筹划她梦想已久的欧洲之旅。一切准备妥当，他们坐上了从深圳飞往巴黎的航班。飞机飞行在亚欧大陆上空，周晶靠在张一鸣的肩上，他们回想了往事，生活中点点滴滴的细节。周围金发碧眼的外国人，带着头巾的穆斯林，让机舱有了国际化的氛围。在这微妙的气氛中，一种叫作爱情的东西探出头来，他们甚至还亲了嘴。周晶说，有些东西你不喜欢，我也知道。我想过要克服，我也试过，我难过死了。张一鸣抚摸着周晶的大腿说，没事，这也没什么大不了的，这么多年都过去了。他们甚至开始设想，以后要让孩子去欧洲读书。转折发生在他们讨论给朋友们带些什么礼物。周晶掏出手机，写礼物清单。写完，她把手机递给张一鸣说，你看看行不行？扫了一眼，张一鸣说，挺好的，你高兴就行。对了，给吴一梅带只香水吧，我记得她平时也用香水的。张一鸣说完，周晶的脸色变了，她说，为什么要给她带香水？张一鸣说，我俩大学同学，在铁城就我们两个人，平时也玩得挺好的。周晶在手机上补了一行字。过了一会儿，突然对张一鸣说，你睡过她。张一鸣哭笑不得，你瞎说什么。周晶说，你肯定睡过她。张一鸣说，没有的事。周晶说，我是女人，你骗不了我的直觉。我一开始就知道，你们让我恶心。张一鸣急了，我们俩要是真有什么事儿，还轮得到你？周晶盯着张一鸣说，你知道吗？这才是最让人恶心的。人家不要你，你才娶了我。张一鸣扭过头说，我不和你吵，不和你讨论这么无聊的问题。等飞机降落在戴高乐机场，张一鸣心情糟透了，他甚至想马上买张机票回深圳，去他妈的欧洲，去他妈的旅行，他只想离周晶远远的，越远越好。

　　在欧洲的半个月，张一鸣过得非常不愉快，他跟在周晶的后面，影子一样，手里提着各种各样的袋子。现在回想起在欧洲的情景，印象早已模糊，每一个教堂都有着类似的面孔，街道和人也一样。低矮的天际线，广场上的鸽子，一到夜晚七点，空荡得仿佛洗劫过的街道，潮湿的空气，草地和山脉。他分不出哪里是哪里，浑浊的一团。那些天，他和周晶话说得很少。

有天晚上，回到房间，不到八点，两个人躺在沙发上玩手机。周晶突然放下手机说，我们找个地方喝点酒吧。张一鸣抬头看了周晶一眼说，喝酒？周晶说，想喝点儿。那是在德国。周晶说，我们去喝点啤酒，都说德国的啤酒好。从外面回酒店时，张一鸣看到一楼的小酒吧，在电梯里，他注意到九楼还有一家酒吧。他确实也想喝一杯了。他们去了九楼的酒吧，叫了半打叫不出名字的啤酒，口感细腻。酒吧里多是外国人，还有几对中国情侣。喝了两杯，周晶对张一鸣说，我并不在意你有没有和吴一梅睡过，真的，一点也不在意。张一鸣说，如果睡过，我也不怕告诉你，真的没有。我们大学同学，这么多年下来，完全没有这个想法。你说我把她当妹妹也好，当哥们儿也好，反正是活成亲人了。周晶喝了满满一杯说，张一鸣，你从来没有尝试理解我的痛苦，你不理解，我也不指望你理解，太难了。

　　他们想起前几天，在奥地利，他们去维也纳艺术博物馆看了一个美术展。去看这个展览是张一鸣临时起意，来之前，他并不知道这个展览，他发了个朋友圈，位置显示他在维也纳。有朋友告诉他，张一鸣，你一定要看，多少年展一次，我都想买张机票飞过来。朋友是个画家，他说这话算不上夸张。张一鸣不会画画，兴趣还有，平时国内的展览，他也经常去看看。做房产营销，懂点艺术总不是坏事。朋友还发了张图过来，有他喜欢的勃鲁盖尔的《雪中猎人》。他对周晶说，明天我们去看展览吧，难得碰上。他还给周晶看了他的手机。周晶没吭声，陪他去了。看到一半，周晶说，你看吧，我出去走走。等张一鸣看完出来，给周晶打电话，关机。张一鸣慌了，再打，还是关机。在博物馆周围找了一圈，张一鸣要疯掉了，这他妈人跑哪儿去了。他赶紧打车回了酒店，房间里没人，又去问前台，前台告诉他，没见到周晶回来。张一鸣在房间里坐立不安，他甚至想要不要报警。等到下午五点，周晶回来了。一见到周晶，张一鸣恨不得把手机砸过去。他忍住怒气问，你去哪儿了？周晶答得轻描淡写，我对艺术没什么兴趣，出来逛了逛。张一鸣说，那你为什么关机？周晶说，哦，没什么，我想安静一会儿。张一鸣咬牙切齿地说，你他妈想安静一会儿，你他妈就不怕我担心吗？周晶挑衅似的说，你会担心？张一鸣摇摇头，一屁股坐在沙发上说，好了，算我自作多情。我就不懂了，好不容易出来一次，你一定要这么闹吗？周晶喝了口啤酒说，张一鸣，真不是我闹事，我没闹，是你坏了规矩。张一鸣说，我怎么坏规矩了？周晶说，来之前，我们商量好了行程，那天本来应该是你陪我逛街的，结果，你去看画展了。张一鸣说，就不能灵活一点，再说，也就几个小时，我们调整一下不就行了？周晶说，不行，我不喜欢任何不确定的东西。周晶说完，张一鸣没再说话。他想起了家里茶杯的位置、牙刷的位置，还有床上他枕头的位置。

　　一朵鸡蛋花落在水里，两只红黄色的锦鲤游过来，撕咬着吃掉了。水面荡起几串波纹，又随之恢复平静。吴一梅坐在张一鸣对面，喝了口茶说，算了，过去的事儿别提了。这事儿你都说过好几遍了，啰啰唆唆的。张一鸣说，你说，她是不是过分了？吴一梅说，我都说了好几次了，都烦了。是，她过分了，她不知道你担心她。你这次又跑出来三天了。张一鸣说，你怕是都烦我了。吴一梅笑了起来，我倒是习惯了。你自己说说，自从你结婚后，哪个月不到我这儿住两天，你把我这儿当避难所了。张一鸣说，谁让你是我哥们儿。吴一梅说，我情愿不当你哥们儿，隔三岔五，除开伺候老赵，还得伺候你。还好我家老赵知道我是清白的，不然我怕是活不到今天。张一鸣婚后第一次到吴一梅家过夜，大概是结婚半年后。吴一梅结婚两年了，孩子还不到一岁。大半夜，快两点了，吴一梅的电话响了起来。她手机调的震动，怕吵到孩子。等吴一梅拿起电话，看到八个未接电话，都是张一鸣的。接了电话，吴一梅睡意蒙眬，不耐烦地说，张一鸣，你干吗，大半夜的，好不容易把孩子哄睡着。手机里静了一下，接着吴一梅听到张一鸣在哭。他一哭，把吴一梅吓到了，赶紧问，你干吗，怎么了？张一鸣说，我他妈想死。吴一梅赶紧坐起身，把赵毅阁摇醒，穿着拖鞋去了客厅。她说，你别吓我，你怎么了？张一鸣只是哭。吴一梅问，你在哪儿？张一鸣说，我不知道。挂了电话，吴一梅对赵毅阁说，我不放心，你去找找张一鸣，我怕他会出事。赵毅阁不乐意，还是去了。过了差不多一个小时，赵毅阁领着张一鸣回来了，他喝醉了，身上乱七八糟的一团。赵毅阁把张一鸣架上床，安顿好，对吴一梅说，张一鸣命好，还有你这么个同学，要是没你这个同学，怕是死了都没人管。吴一梅问，怎么了？赵毅阁说，你知道我在哪儿找到他的吗？吴一梅说，我怎么知道。赵毅阁说，马路中间隔离带上，我都不知道他怎么跑隔离带上去的。见到他时，只见他手里死死拿着个手机，身上钱包、皮带、鞋子什么都不见了。吴一梅说，先不管了，睡吧。一直睡到下午两点，张一鸣才醒。洗过澡，吴一梅找了赵毅阁的衣服给他。问他，怎么回事？张一鸣说，喝多了。吴一梅说，知道你喝多了，为什么？张一鸣说，不说了，不想说。

　　这是第一次。接着第二次，第三次。吴一梅恼火了，她说，张一鸣，你别一喝多就发酒疯，要发酒疯你朝周晶发，我又不是你老婆。对张一鸣的行为，赵毅阁也有意见。一个男人，老是深更半夜喝多了给自己老婆打电话，这他妈是个什么意思？他倒不是怀疑两人之间的关系，他相信他们之间是清白的，问题是烦人，自己睡得好好的，半夜被人摇醒去接一个醉鬼，换了谁都不高兴。吴一梅说，张一鸣，你要是没个说法，以后别到我家来了。张一鸣说了。吴一梅和赵毅阁感到匪夷所思，就这点破事儿，值得闹成这样吗？张一鸣说，你们不懂，你们真的不懂，要是你们家里到处都是线，这也不行，那也不行，你也过不下去。说的次数多了，吴一梅也烦了，她说，真过不下去，离婚啊，一了百了，早死早超生。张一鸣说，可是，她也没做错什么啊。吴一梅说，你要是这么个纠结法，我们也帮不了你。张一鸣说，也不指望你们帮，偶尔收留下我就好了。刚开始，张一鸣到吴一梅家，周晶还打电话问问。到后来，电话也少了。多半情况下，张一鸣在吴一梅家待一天，缓过劲儿来，还得乖乖回去。吴一梅两口子对张一鸣的状态从反感到怜惜，再到后来，他们习惯了，仿佛这一切再正常不过了。要是张一鸣有一两个月没来，赵毅阁反倒不习惯了，他说，他们不会有什么事吧？吴一梅倒是宽心些，他们能有什么事儿，谁死了，张一鸣也死不了，他那么折腾的人。吴一梅唯一反感的是，赵毅阁以前不爱喝酒，在张一鸣的影响下，他也学会喝酒了，酒量越来越大。很快，张一鸣不再是他的对手，赵毅阁成了半个酒鬼。

　　这次，我是真的想清楚了。张一鸣说，我得离了，再这么过下去，我会疯掉的。他喝了口茶说，等我离了，也就不会再烦你了。吴一梅说，我无所谓，你自己算算，你这么闹腾多少年了？十几年了吧，你也不是第一次说要离婚了。吴一梅帮张一鸣算了算，从第一次跑家里来算起，整整十六年。头三年，各种痛哭流涕。再后来，纠结要不要离婚，这一纠结，孩子从幼儿园毕业，进了初中。这几年，每次来都说要离婚，日子依然还是过着。你别再说这话了，吴一梅说，吃过晚饭，我送你回去。她手里拿着一个苹果，又圆又红。周晶打了几个电话给我。吴一梅说，你知道她说什么了吧？张一鸣说，我怎么知道她说什么了。吴一梅说，她说，梅姐，这么多年，麻烦你了。张一鸣说，我不信。吴一梅说，我也有点意外，以前没见她这么客气的。张一鸣"哼"了一声。吴一梅说，你这个混蛋，你是不知道，以前我为你挨了周晶多少骂，好像我是个狐狸精似的，整天没事想着怎么勾引你。那会儿，我烦死你了。不都过去了吗，再说，有什么意思。张一鸣说，她现在可能也怕我死了。吴一梅说，怕没人赚钱吧。张一鸣摇摇头说，这你还真是想错了，她对钱没什么要求。晚上她还起来洗手吗？不光洗手，还擦桌子。想了想，吴一梅问，你们还一起睡吗？吴一梅说完，张一鸣笑了，你觉得可能吗？吴一梅也笑了，问这句话实在有些弱智。早在五年前，每次和张一鸣做完爱，周晶就跑到洗手间狂吐，比张一鸣喝醉了吐得还厉害。吐完，她哭着对张一鸣说，我不是嫌弃你，真不是，我实在受不了，我也不知道为什么会吐。分床睡后，周晶胖了一些。至于张一鸣的性生活，周晶把它交给了社会，她从不过问关于张一鸣的事情。后来，张一鸣说要离婚，吴一梅还问过他，是不是有了小三？张一鸣说，没有的事。她相信张一鸣的话，他什么都能跟她说，没有必要在这件小事上撒谎。何况，他们经常在一起，这些事，藏不住的。你也不问问我这次为什么跑出来？张一鸣说，你搞得我一点存在感都没有。还能为什么？吴一梅说，不就是那点破事儿，我都听了多少年了。说真的，听烦了。你要是想来喝酒，发点酒疯，也没什么。吴一梅说，我就当我在铁城有了个酒鬼哥哥。张一鸣说，难得你不嫌弃我。吴一梅说，我也是没办法，你要是真想感谢，谢谢老赵。别的不说，这么些年下来，他扛你回家扛了多少次了，一百次有了吧？我也是不想说你们两个。张一鸣说，这都是命啊。

　　天色暗了，鸡蛋花的影子影影绰绰，他实在爱吴一梅院子里的这棵鸡蛋花。当初种这棵鸡蛋花，还是他的主意，他对吴一梅说，你种棵鸡蛋花吧，好看。吴一梅说，我要种栀子花。张一鸣说，鸡蛋花和栀子花样子差不多，不过大气多了。吴一梅说，种不起。张一鸣说，我送给你。他本来是想在自家院子种一棵的，周晶不肯。她说，图纸早就画好了，该种什么花也订了。周晶说完，张一鸣懒得再说话了，再说下去，他怕他会爆炸。晚饭时间到了，吴一梅叫了外卖，她懒得做。菜摆上桌，赵毅阁拿了红酒杯摆上来。他说，老张，今晚哥儿两个就两瓶，两瓶封顶，明天都要上班。张一鸣看着酒瓶说，要不不喝了？吴一梅瞟了他一眼，你看你，我就不喜欢你这一点，什么叫要不，不喝就不喝，果断点，话说得软塌塌的，谁信。赵毅阁一边开瓶一边说，喝个还魂酒，喝完回去，没什么大不了的，这么多年不都过去了吗。举起酒杯，张一鸣摇了摇说，他妈的，喝完还得打车回去。

卑微的英雄

　　从北京飞往广州的 CZ3112 次航班两点半准时降落在广州白云国际机场。这条航线周明晨每年要飞十次左右，三个小时左右的飞行并不算长，让他烦躁的是漫长的等待。首都机场和白云机场钢铁巨人一般庞大无比，两头都要坐摆渡车。人站在摆渡车上，行李和人挤在一起，手臂贴着手臂，各种奇怪的香水味混杂在一起，具有世界性的气息，黑色的白色的和黄色的皮肤，五彩缤纷的万花筒摇摇晃晃地游到飞机边上，排着队登机。到了白云机场，下机，又是摆渡车。从飞机停稳那一刻算起，去到达大厅需要四十分钟左右。这段路程让人烦躁。起飞之前，周明晨做好了晚点的准备。那天的航班意外地准时起飞，甚至还提前了三分钟。找到位置坐下，周明晨拿了本书出来，略萨的《利图马在安第斯山》。他喜欢略萨的小说好些年了。最早知道略萨是从马尔克斯那里，他们打了一架。出于好奇，周明晨买了略萨的书来看。他读的第一本是《天堂在另外那个街角》。书很厚，读完那本，他被略萨圈粉，把略萨所有的中文版全买回来了，一本接一本地读。周明晨在豆瓣上翻查了关于略萨的话题，似乎更多人喜欢《绿房子》和《酒吧长谈》，他更喜欢《公羊的节日》《坏女孩的恶作剧》，尤其是后一本。他经常想，如果碰到一个百变坏女孩，他会不会成为那个可怜的里卡多？《利图马在安第斯山》不久前才买，和《卑微的英雄》一起。他读完了《卑微的英雄》，对书中的两位主角菲利西托、伊斯马埃尔印象深刻，他知道他永远做不到那么决绝。这两本书在略萨的作品中都算得上薄，他读得却比以前要慢，慢很多。三个小时的飞行，他读了一百四十多页，最后的几行写着："他留着大胡子，头发又长又乱，利图马只在《圣经》上描绘的预言家和使徒的画像上见过这种样子的人，再就是利马大街上的疯子或衣不遮体的乞丐才是那个样子。"坐在周明晨旁边的中年男子拿着阅读器在看《庄子》，注释版。他看上去更像国企高管或职业经理人，而不是大学教授。坐在走道边上的是一位女士，自始至终她都带着口罩，露出两只眼睛和三分之一个鼻子。她手里拿着一本艺术史的书，讲的大概是文艺复兴时期的艺术，周明晨本来想问问书名，他想给儿子买一本，儿子也喜欢艺术。这本书的品相看上去相当不错。他几次都没看清书名。飞机停下来，他把书塞进包里，到广州了。

　　在到达大厅出口，周明晨习惯性地朝四周看了看。每次从北京回来，如果没什么特别的事情，邵思新都会来接他。这次，她可能不会来了。昨天晚上，他们吵了一架，不凶，毕竟还是吵架了。邵思新问周明晨航班时间，她好安排好时间来接他。回来前几天，周明晨告诉过她，她可能忘记了。邵思新公司刚刚走上正轨，事情多得要死。和周明晨谈恋爱，几乎都是用睡前、餐前时间进行。说是恋爱，谈情说爱的成分不多，他们谈工作。昨天临睡前，邵思新突然对周明晨说，她请了风水先生，最近生意不太顺,她怀疑办公室风水不好。风水先生看过后说，这个办公室问题大了，建议换地方。邵思新有些沮丧，她说，如果换地方，几十万的装修又打了水漂。周明晨压抑着内心的反感说，好的风水先生会改风水的，哪里需要这么兴师动众。邵思新说，先生说了，改不了，整栋楼风水都不好。周明晨忍不住来了句，那么多公司不都好好的，就你公司事儿多。邵思新说，你的意思是我无事生非？周明晨说，风水随人，你把你的事情做好，风水自然就好了。邵思新说，那是我有问题了？周明晨没接话。邵思新快四十的人了，有时候天真如少女，他搞不懂为什么会这样。早上起来，他看了看微信，没有邵思新的信息，对话停留在昨天的位置。他想，她是不会来接我了。

他可以坐大巴，然后打个车回家。即便如此，周明晨还是没有直接去城巴站，他想去到达大厅出口看看。就算邵思新没来，他也不过是多走几步去城巴站。周明晨还是看到邵思新了，和往常不一样，她不是站在出口的栏杆边上，她站在后两排，露出大半个脑袋。周明晨朝邵思新招了招手。见到周明晨，邵思新抓住他的手，笑眯眯地说了句，厚脸皮。周明晨说，我怎么厚脸皮了？邵思新说，你要不是厚脸皮，怎么不去坐大巴，还要人家接你。周明晨笑了笑。邵思新说，你怎么知道我会来接你，人家都不理你了。周明晨说，我厚脸皮，来碰碰运气。上了车，周明晨搂过邵思新亲了一口，邵思新推开周明晨说，不光厚脸皮，还喜欢耍流氓。邵思新穿着七分的牛仔裤，大腿从裤子破处露出一块儿。周明晨从破处伸手进去，他的手指头像是触碰到了细腻的油脂。邵思新拍了下周明晨的手背说，拿开，痒。又问，想吃什么？周明晨说，也不饿，飞机上吃了点东西。邵思新说，那种东西怎么能吃，我带你去吃点好吃的。你在北京也是可怜，整天吃的也不知道是什么东西。周明晨看了看手机说，时间也不早了，别吃了。邵思新说，不耽误你回家，放心。

　　从机场到邵思新住的小区大约一个半小时车程，从邵思新住的小区到周明晨家打车需要三十分钟左右。一个多月没回家了，路旁的景物还是老样子，温度还是降了下来，没上个月那么热。北京的天气已经凉了，早晚得穿长袖，到了夜间，还隐隐有点冷，要盖被子。前段时间广东来了巨大的台风，据说百年一遇，所到之处罕见地发布了停工、停运、停课、停市的最高警戒等级。后来看朋友圈，也着实可怕，海水翻卷起来冲向岸边，大树一棵棵地倒下，大厦的玻璃幕墙像被攻击了一样噼噼啪啪地从高空飞舞起来。不少人把家里的窗户、玻璃门贴上了胶条，还是有碎掉的，弄得一地狼藉。周明晨看着车窗外随处可见的断头树说，这台风可真够厉害的。邵思新说，在广东待了十几年，第一次碰到这么大的，把我给吓坏了。台风来的那晚，周明晨给邵思新发信息，让她注意安全。邵思新说，顾不上了，听天由命吧，水电都停了。周明晨问，那怎么办？邵思新说，能怎么办，我这会儿缩在墙角瑟瑟发抖呢。她录了一段视频发给周明晨，台风从外墙上擦过，发出刺耳的尖叫，平时指向天空的树梢拉成了横线。邵思新发过来一行字，要是你在，我就没那么害怕了。看完，周明晨觉得说什么都太苍白。北京风平浪静，星月满天，他一个晚上没有睡着，心放不下来。好在第二天风小了，街上有了行人，路上到处都是倒下的树木，更多的是残枝败叶，车几乎没办法走，政府的工程车忙着清理路障。

　　那个晚上真是可怕，我生怕有什么东西把窗户砸碎了，那就完蛋了。邵思新家的卧室有一面巨大的玻璃窗，正对着床，平时躺在床上，能看到月亮。停好车，邵思新说，这家店你没来过，前些天刚开的。周明晨说，我没什么胃口。邵思新说，我有点饿了。店子面积不大，收拾得倒是干干净净的，两边的墙壁上贴着海鲜面的图片，鲜红的虾蟹让人胃口大开，鱼和贝类鲜得让人想流口水。知道你喜欢吃面，特意带你来试试，这家店的海鲜面是全城最好的。邵思新找了张台坐下来说，正宗的舟山海鲜面。邵思新是宁波人，宁波和广州虽然都是沿海城市，对海鲜的理解却有些不太一样，她看不上广州的海鲜，觉得除开个儿大，没什么优势可言。以前，她经常对周明晨说起舟山的海鲜面，还说去舟山不吃一碗正宗的海鲜面，舟山基本算是白去了。我帮你点吧，邵思新说，这个我比你熟。周明晨说，随你，我不讲究。聊了一会儿天，面上来了，碗里有虾、小黄鱼和花甲。周明晨喝了口汤说，不错，面的味道全在一口汤里，汤头不错。吃完面，邵思新心满意足地摸摸肚子说，饱了。面馆离邵思新家很近，不到十分钟的车程，周明晨靠在座椅上，有点昏昏欲睡的意思。跑了一天，他有点累了。进门放下行李，邵思新说，你先洗个澡，我收拾下房间。周明晨走进洗手间，他的牙刷和毛巾放在他熟悉的位置上。他刷了牙，洗了脸，冲了个澡，围着浴巾进了房间。邵思新说，换了新床单，睡着舒服些。还不到六点，天还亮着，邵思新拉上窗帘，房间里暗了下来。邵思新换了睡裙，真丝的面料，下摆刚刚遮住屁股。周明晨靠在枕头上，邵思新的身体贴了过来，他闻到了洗发水的味道，邵思新昨晚或者今天上午应该洗过头。周明晨伸手搂住邵思新的腰，睡裙滑腻腻的，他像是搂着一条蛇。他伸手把邵思新的睡裙撩起来，抚摸着她的屁股。生育过的女人，屁股又大又结实，充满雌性的欲望。邵思新亲了下周明晨的耳垂说，你有没有想我？周明晨说，想，想得不行了。邵思新扭了扭腰说，想我，你昨天还和我吵架？周明晨翻身压在邵思新身上说，我是个傻瓜。他的手动作起来，嘴巴含住了邵思新的乳头。她的乳头略显空洞，软软的，没有坚挺的颗粒感。进入邵思新时，周明晨有点恍惚，他像是在给一个回答，而不是做爱，他的身体平静从容，既不愉悦也不兴奋。可能真的是累了，昨天晚上他睡得不太好。

　　他们认识时两个人都结了婚。周明晨更早一些，他儿子已经六岁了。邵思新刚结婚不久，女儿才满周岁。两人做过同事，邵思新从入职到离职，不到一年的时间。邵思新离职两年后，周明晨也辞职了。邵思新入职那天，人事部门组织饭局。邵思新坐在周明晨边上，她声音悦耳，眼神明亮，举止言谈间有些少女的味道。邵思新入职之前，周明晨听说过她的故事。人事部门的同事说，这个女生挺奇怪的，放着那么好的单位不干，要到我们公司来。后来听说，是她老公的主意，两个人在同一个单位，她老公属重点培养对象，以后是要当领导的。为了避嫌，也为了让她有个好的发展，她老公建议她出来。周明晨说，来我们公司也不见得亏了她，收入不比他们少。同事说，那倒是。说完，拿了张应聘表递给周明晨说，你看看，挺漂亮的，听说还是个文艺青年，唱歌跳舞样样精通。饭局进行到下半程，邵思新突然扭过头对周明晨说，我知道你，听说过你一些事儿。周明晨说，都不是什么好事儿吧。邵思新说，那要看怎么说了。周明晨说，反正都是些不着调的事儿。邵思新说，我倒觉得挺好的。两人加了电话，又加了 QQ 好友。平时上班没事，也聊几句，仅限于工作或者无关痛痒的日常琐事儿，真正亲密起来是在邵思新辞职后。邵思新说，太可笑了，我也是快三十的人了，结婚生孩子了，他们还真把我当无知少女。周明晨说，多少女人想当无知少女还当不了，你知足吧。邵思新说，他们那点心思，我还能不明白？装傻罢了。聊开后，他们的话题越来越私密，从男女关系谈到了个人隐私。周明晨约邵思新吃饭，邵思新说，饭就不吃了，这么聊聊挺好的。你会是一个安全的朋友，就像我的树洞，可以放心地把最私密的话说出来。周明晨说，我不想当树洞。邵思新说，那要看缘分了。他想和她睡觉。虽然他从来没说出这句话，他想她知道的，她不是无知少女，他也不是莽撞少年。

等到周明晨也辞职了，他们还是没有见面，聊得倒是越来越多了。还在公司上班时，周明晨想过约邵思新，真要行动了，又觉得不太合适。辞职后，顾忌都没了，又没了那个心境。他们之间的关系发展到了暧昧的程度，偶尔调调情，说几句肉麻的话，两个人似乎都没有把这种关系带入现实生活的想法，或者说勇气也行。对彼此的爱人，他们都了解了。邵思新和周明晨说过她老公很多事情，比如家暴、性虐，冷酷无情又阴险狡诈等等。第一次听说，周明晨吓了一跳，极力鼓动邵思新离婚。邵思新说，离不了，我们有孩子。周明晨讲各种利害关系，邵思新说，我想想。过了几天，邵思新说，我不能离婚，他会杀了我的。周明晨生气了，觉得邵思新可怜又可恨。他想不出来，什么样的男人会对女人下手，何况邵思新说得上漂亮又聪明，还能赚钱。他的气愤中有他自己都能意识到的嫉妒，如果邵思新是他老婆，他肯定舍不得动她一个小指头。有一两个月时间，周明晨对邵思新态度冷淡，即使邵思新问他话，他也懒懒洋洋的。邵思新问，生气了？周明晨说，是。邵思新说，对不起，让你难过了。说完这句，她没再说话。等周明晨气消了，主动和邵思新说话，邵思新像什么都没发生一样，依旧亲亲热热的。

等邵思新再次说起她老公的恶行，周明晨已能应付自如，他甚至觉得邵思新说的都是假的，不过是她编的故事。一个男人怎么可能恶劣到把自己老婆剥光赶到楼道里？她有迫害幻想症。

　　大约辞职一年后，有天晚上，周明晨正在追剧，一个漫长得似乎见不到尽头的美剧。他追了五季了，正在看第六季。第一季的人物几乎都死光了，当年的孩子已成长为剧中的主角。推进节奏还是很快，故事却冗长得像没有结束的那一天，有点食之无味、弃之可惜的意思。周明晨一边打哈欠，一边盯着电脑屏幕，手机响了。他拿起手机，看到一个陌生的电话号码。周明晨挂掉了，信息提示音响了一声，"我是邵思新，接电话"。接通电话，邵思新说，在干吗呢？周明晨说，看电视，你怎么换电话了？邵思新笑了起来，换了快两年了。周明晨说，这么久？他们快两年没打过电话了，真快。邵思新说，有空没有？周明晨说，怎么了？邵思新说，出来陪我喝杯酒吧。周明晨看了看手机说，有点晚了吧。邵思新说，出来吧，这么久没见了，我还能吃了你不成？周明晨问了地方，又问，还有谁？邵思新说，你还想有谁？周明晨说，我无所谓。邵思新说，那赶紧来吧，我等你。约的地方是一家烧烤档，做的麻辣小龙虾全城闻名，算是网红店。这几年，小龙虾像病毒一样四处弥散，周明晨搞不懂那东西有什么好吃的，要什么没什么，一口的作料味儿。桌子上摆了三瓶啤酒，见周明晨到了，邵思新说，给你点了烤鱼，知道你不喜欢吃小龙虾。周明晨说，你又没有和我一起吃过。邵思新说，整天一副反小龙虾斗士面孔，谁不知道。她指着桌子上的啤酒说，我女的，我一瓶你两瓶，就按这个节奏走。周明晨倒了杯啤酒说，我们这是有多久没见了？邵思新想了想说，三四年了。周明晨说，真是矫情。他说的是实话，同在一个城市，暧昧了这么多年，却一直没有见面，除开矫情，找不到别的说法。邵思新看起来没什么变化，脸略略圆润了点，身上倒是瘦了，她穿着长袖连衣裙，生机勃勃的样子。怎么想到要约我出来，找不到人喝酒了？周明晨和邵思新碰了下杯说。我有那么可怜吗？邵思新喝了口酒，我想给你看点东西。周明晨说，什么东西？邵思新把剩下的半杯酒喝完说，先喝酒，晚点再说。喝完九瓶啤酒，周明晨六瓶，邵思新三瓶。周明晨酒量说不上好，六瓶差不多快醉的量了，邵思新看上去还不错。买完单，邵思新凑到周明晨身边说，你去开个房，我给你看点东西。周明晨说，开房？邵思新说，你不愿意就算了。周明晨只是意外，这来得有些突然，打乱了他的节奏。

　　车开到酒店附近，邵思新下了车说，你先去开房，到了房间告诉我房号，我走过去。等周明晨开好房，发了房号给邵思新，他匆忙洗了个澡。坐在酒店房间里，周明晨有些不安，她

会不会耍他？几年没见面，突然约见面，然后就开房了，这个
节奏不太正常。在房间坐了几分钟，门铃响了。周明晨从猫眼
往外看了看，邵思新微笑着向他招手。把邵思新让进门，他原
本想好的动作变了。他原想，等邵思新一进门，一把抱住她，
按到墙上狠狠地亲她，再扔到床上，剥光她的衣服操她。暧昧
了这么久，出来开房不干这个还能干什么？他没想到他会礼貌
地把邵思新让进来，好像她只是一个平常的访客。邵思新坐下
来，看了看房间说，房间挺好的。她对周明晨说，你把灯都打
开，太暗了。洗完澡，周明晨特意调整了房间的灯光，温馨昏
暗，充满情欲的氛围感。打开灯，周明晨有点不高兴，似乎一
个白日梦醒了。邵思新说，你是不是不高兴？周明晨说，有点
失望吧。邵思新说，我说过要给你看个东西，亮一些会看得清
楚点儿。周明晨说，有必要那么清楚吗？邵思新说，有，不然
你会觉得我在骗你。邵思新伸出双手说，你觉得我为什么要穿
长袖？你见过我穿短袖吗？周明晨想了想说，很少。邵思新解
开袖口的扣子，把裙袖拉起来，他看到她的手臂上有两块淤青。
周明晨脑子嗡的一声炸了。我要让你看清楚，我说的不是假话，
我知道你一直以为我是在编故事骗你。邵思新脱掉裙子，又解
开文胸，脱掉底裤，赤裸裸地站在周明晨面前。灯光下邵思新
的身材凸凹有致，皮肤白皙，这让她身上的伤痕更加触目惊心。

邵思新转了一圈，她胸前、背后，大块大块的淤青，还有条纹般的鞭痕。周明晨浑身发抖，他有种杀人的冲动。邵思新坐在周明晨的大腿上，拿起他的手触碰着她的乳头说，这儿也咬坏了。周明晨的手在发抖。邵思新站起来，把灯关掉，只留下一盏床头灯。她靠在床上说，你现在相信我了吧？周明晨抖抖索索地点了根烟。邵思新说，你过来，抱我，和我做爱。周明晨用力把烟头捻灭说，我他妈是个人，不是畜生。

你为什么还不离婚，你想被人活活打死吗？周明晨托着邵思新的下巴，用力地捏住。邵思新说，我离不了，我有孩子。男人一只手掐住女儿的脖子，一只手指着邵思新说，离婚？想都别想。你要是敢离婚，我先杀了你女儿，再杀你全家。邵思新跪在地上，披头散发，你放开她，她也是你女儿。男人笑了起来，我女儿，谁能证明是我女儿？你个臭婊子，跟老子结婚时就是个烂货。邵思新哭喊着，你想怎样冲我来，放开女儿，你要把她掐死了。男人扔下女儿，扇了邵思新一巴掌说，骚货。回过头对女儿说，滚，你赶紧给我滚出去。关上门，男人撕扯掉邵思新的衣服，拿了条皮鞭，狠狠地抽在邵思新赤裸的身体上。邵思新尖叫起来，男人加大了力度，叫，让你叫，让你叫。邵思新咬住枕头，像一条被拴住的狗，在床上剧烈地扭动。我不信他真敢杀了你女儿，更不信他敢杀你全家。周明晨给邵思

新穿好衣服说，你和你看上去完全不一样。你是个贱人，男人
压在邵思新身上，一只手掐住她的脖子，一只手揉捏着她的乳
房说，你他妈就是个贱人，一天不打你，你就以为自己真是个
人了，操你妈。邵思新用力地扭着头，她快要窒息了。我找个人，
把他收拾了。周明晨抽了口烟说，我认识不少道上的兄弟，这
种货，也就是在家里横。邵思新说，你帮不了我。男人发泄完，
指着邵思新说，我知道你家在哪儿，你跑到哪儿我都能找到你，
这辈子你都欠我的，我操你妈。男人像开球一样一脚一脚啪啪
踢着邵思新的屁股，一看到你我就觉得脏，贱人。邵思新哭叫
起来，是你叫我干的，都是你叫我干的，我又不想。男人又一
脚踢在邵思新的屁股上，你还敢顶嘴，我叫你干你就干了，你
他妈是个傻子？男人抓住邵思新的头发，把她拖到客厅，拖到
门口，扔了出去。邵思新在门口缩成一团，她像被抛弃的狗一
样挠着门板。等到天亮，男人酒劲儿过了，他会开门，把邵思
新抱进去，抱着她的双腿，一边扇自己耳光，一边骂自己不是
个东西。喝酒就能打人了，他有几天不喝酒？周明晨说，我也
喝了酒，难道我就可以打你了？邵思新说，你想打我吗，你不
是一直觉得我可怜又可恨吗？周明晨说，我不是个畜生。邵思
新说，我也对不起他，我不该那么做。周明晨说，他还有脸说，
一个男人，为了升职，居然把自己老婆送出去。邵思新说，你

能不能别说得那么难听？周明晨说，难道不是吗？邵思新说，你想做爱吗？你要是不做，我就走了。周明晨说，我什么心情都没了。邵思新说，你会后悔的，你很快会后悔的。你一直想操我，想了很多年了，我知道。

再次见到邵思新还是在酒局上，这次，一桌子的人。周明晨走进去时，气氛正值高潮。见周明晨进来，熟的朋友喊，老周，你怎么才来，等你一晚上了。周明晨说，我们刚散场，这不快马加鞭地赶过来了？还在饭局上，朋友给周明晨打了好几个电话，让他过来喝酒，说有一帮姑娘。周明晨说，不来了，我们这儿一时散不了。在哪儿不是喝，到我这儿来，你们几个男的死喝有什么意思。想想也是，整天和几个男的喝酒，确实有些无聊了，他还想喝点儿。晚上出门前，邵思新给他发了个信息，晚上干吗？周明晨回，朋友约吃饭。邵思新说，我晚上也得去吃饭。周明晨说，不想去可以不去，干吗要勉强自己。邵思新说，我不像你，很多业务还得求人。周明晨意外地看到了邵思新，他正想着坐哪儿。朋友对邵思新说，邵总，老周你认识吧？你们应该还同事过。邵思新说，认识，前辈。朋友说，老周，你挨着邵总坐吧，老同事正好叙叙旧。周明晨挨着邵思新坐下来，邵思新给周明晨倒了满满一大杯红酒说，这杯酒敬前辈，感谢关照。周明晨看着酒杯说，干吗呢？邵思新说，你个交际花，一晚上还赶几个饭局。周明晨和邵思新碰了下杯说，看到你还是挺高兴的。喝完酒，两人私聊了一会儿。邵思新说，看到对面那个胖子没？周明晨瞟了一眼说，怎么了？邵思新说，他想搞我。周明晨说，你怎么知道？邵思新说，我是女人，那眼神我一看就懂。你等着，等饭局完了，他肯定要组织KTV。朋友拿了酒杯过来说，你们两个还说起小话了。周明晨说，老同事，好久没见了，多说了几句。朋友说，就同事？周明晨笑了起来说，也算是前女友。朋友笑了起来说，好玩不过前女友，老周会玩，服气。

那是一个漫长的酒局，周明晨到时八点半，喝到将近十二点，胖子果然说，我订了房，去唱唱歌散散酒气。周明晨喝了不少酒，他有点不舒服。邵思新似乎是在故意气他，她端着酒杯，满桌子敬酒，和所有没带女伴的男人调情。他们把手搭在邵思新的肩上、腰上、腿上，还有人拍了拍她的屁股。这些动作，包括放浪的笑声，像一根根刺扎进周明晨的心里。他喝了两杯闷酒。等邵思新回到位子上，周明晨说，你们唱歌，我就不去了。邵思新钩住周明晨的脖子，干吗不去？周明晨把邵思新的手拿开说，喝多了，累了。邵思新把手放在周明晨腿上说，你嫉妒了，你分明就是嫉妒了。周明晨说，狗屎，我有什么好嫉妒的。邵思新摸了下周明晨的脸说，小气鬼，别嫉妒了，等下去了 KTV，我坐你边上，哪儿都不去。邵思新坚持要开车，等周明晨坐好，邵思新靠在驾驶位上，闭着眼睛说，亲亲我。周明晨亲了她一口。邵思新说，摸摸我。周明晨摸了摸她的脸。邵思新握住他的手，盖在乳房上说，摸这里。周明晨摸了一下。邵思新说，不是这样。她把周明晨的手塞进衣服里面，解开了文胸扣。周明晨摸到了软软的一团，一颗小小的乳头。等周明晨收回手，邵思新睁开眼睛说，现在心里平衡了吧？周明晨一把按住邵思新，咬了咬她的嘴唇说，你他妈真是个小贱人。说完，把舌头塞进了邵思新的口腔。进了 KTV，邵思新唱了两首歌，拿了几瓶啤酒坐在周明晨身边，喝了几杯，她说，我睡会儿。她趴在周明晨腿上，脸贴着他的腿。房间里光线昏暗，男男女女觥筹交错，似乎没有人注意到他们俩。周明晨把手搭在了邵思新肩上。睡了大半个小时，他甚至听到了邵思新微弱的鼾声。邵思新坐了起来，去洗手间洗了把脸。她拿着酒杯四处和人碰杯，周明晨开了瓶酒。中途，周明晨出房间打了个电话，等他打完电话回来，邵思新正和胖子一起跳舞，胖子像一头熊，搂着邵思新像是搂着一袋蜂蜜，他的口水快要滴下来了。周明晨努力不去看她，一杯接一杯地喝酒。跳完舞，邵思新要唱歌，她站在点歌台边上，胖子搂着她，几乎要趴到她身上去了。周明晨站了起来，他走到点歌台边上，拍了拍胖子的肩膀说，把手放开，这没法看了，还要点歌呢。胖子终于把手拿开了。周明晨回到座位，又喝了一瓶酒。朋友拿了杯子过来，望着邵思新问，你们好过？周明晨说，狗屎。朋友和周明晨碰了下杯说，得了，傻子都看得出来，我观察你一个晚上了。周明晨说，真没有。朋友说，不管有没有，你别当真。又指着胖子说，知道是谁吗？周明晨，关我屁事。朋友说，市长弟弟，不关你屁事，关邵思新屁股事。周明晨说，太恶心了。朋友说，也没什么，别搞得像纯情少年似的。你这个人，难怪都说你古怪。聊了一会儿，邵思新唱完歌，朝周明晨走过来，朋友说，你们聊，我去招呼下。邵思新开了瓶酒说，你好像不高兴。周明晨说，我要回去了，实在困得受不了。邵思新盯着周明晨说，你不送我回去吗？周明晨说，这么多人，有人照顾你。邵思新说，你还是生气了，随便你。说完，走开了。她的笑声从旁边传过来，周明晨坐立不安，他想走，又死死地钉在沙发上。他想狠狠抽自己两个耳光，这他妈什么男人。

凌晨两点，终于要散了，一堆人站在门口拉拉扯扯，邵思新脸上发亮。胖子在张罗消夜。周明晨打了辆车，车启动了，他给邵思新发了个信息："我走了，你慢慢玩儿。"坐在车上，他觉得自己是个傻逼，彻头彻尾的傻逼。晚上这个饭局，回想起来像是个骗局，主要为了看他这个笑话。他就是个笑话，一个巨大无比的笑话。你为什么又要回来？邵思新摸着周明晨的肚皮说，你好像胖了点儿。周明晨望着窗外，天慢慢黑了，他该回家了。大概还是傻。周明晨说，如果不回来，我睡不安稳，会疯掉的。的士快速地在街道上奔驰，平时纷扰的人群早已回到各自家中，多数人正在酣睡，凌晨两点多的街道清洁无比。周明晨摇下车窗，风带点凉意。喝了不少酒吧？的士司机问。都喝傻逼了，周明晨说，真他妈傻逼，为什么要喝这么多。开心嘛，喝多点也正常，谁还没个多的时候。的士司机说。周明晨说，我不高兴。他想着邵思新，这会儿，邵思新会不会和胖子开房了？他那肥胖的身体像蛆一样在邵思新身上扭动，狗熊一般的舌头舔着他刚刚摸过的小巧的乳头。操他妈，周明晨暗骂了句。他把手举起来，迎着风。你说，我要是回去，会不会显得特别傻逼？周明晨问。也不傻逼，的士司机说，我们跑车的，这种事儿见得多了。眼看要到家了，已经可以看见小区门口的栏杆，再不下定决心就迟了。一旦走进家门，他不可能再出来了。离小区门口还有一个红绿灯，周明晨说，师傅，前面调头，回我们刚出来那里。司机笑了笑，都这么久了，人怕是都散了。周明晨说，不管，你先调回去。你要是再不回来，我都挺不住了。胖子一直拉着我，要带我去开房。其他人都走了，我一个人站在路边非常害怕，我怕他打我。邵思新说。她手里端着一杯柠檬茶，喝了一口，递给周明晨。一会儿要我送你回去吗？周明晨喝了口茶说，不用了，也不远。车很快回到了出发地，门口一个人也没有。现在去哪儿？司机问。围着酒店转一圈，周明晨说。如果找不到，他也死心了，该做的他做了。车绕着酒店内部道路缓缓前进，周明晨盯着路边。走到下坡路，快到出口处，周明晨看到了两个人影，一胖一瘦，胖子不停地拉扯，瘦的躲躲闪闪。车开到两人旁边停下，周明晨摇下车窗，喊了声，老婆，喝好了没有？邵思新垂下头，应了声，喝好了。胖子转过身去，像是怕人看清他。喝好了上车，给我滚回家。邵思新乖巧地上了车。她摸着周明晨的脸说，你知道吧，到现在我还忘不了你那声"老婆，喝好了没有？喝好了给我滚回家"，又霸气又甜蜜，好像救兵从天而降。你怎么想到喊"老婆"？周明晨说，那个时候，喊什么都没喊老婆管用。邵思新坐在车上，真像媳妇儿一般。把邵思新送到小区门口，周明晨说，回去早点睡。邵思新说，你也下车。两人去街心小公园坐了一会儿，邵思新说，我想做你老婆。周明晨把邵思新按在长椅上，急切地亲她。这个晚上，周明晨像坐了几次过山车，心脏病都要犯了。我不是这个意思，周明晨试图脱下邵思新的裤子时，邵思新抓住他的手说，我想让你爱我，像初恋一样爱我。周明晨的手停下来说，我结婚了。邵思新说，那些我不要。周明晨说，你是我的，你要离婚。邵思新说，别说傻话，这样也挺好。房间里暗了，邵思新开了灯说，你该回去了，要不她该着急了。

几个月后，邵思新离婚了。她拿着离婚证递给周明晨说，我离婚了。周明晨扫了一眼说，离了好，你那是个什么男人，哪有男人这么对自己女人的。邵思新说，我觉得挺奇怪的，他怎么就要离婚了，以前怎么求他都不肯。周明晨说，人嘛，一时一个想法，谁知道呢，说不定他在外面有女人了。邵思新摇了摇头说，你不了解他，别的有可能，外面有女人我不信，他不是那种人。要是真有，他会告诉我。我告诉你个事儿，你别惊讶。以前，他在外面嫖，嫖完了还回来告诉我，做给我看，嫌我胸小，不够紧，又不够骚。他从来没把我当个事儿，真在外面有女人了，没可能不说出来。周明晨喝了口水说，真他妈是个贱人，贱到骨头里了。邵思新说，要贱也是我贱，还习惯了。周明晨说，以前的事儿不说了，以后好好的就行。邵思新说，我想问你，你老实回答我，你是不是做了什么手脚？他和我说离婚，眼神里有恨意，还有些惊恐，这和以前不一样。我能干什么？周明晨说，你想多了。大哥，求你了，放过我。男人跪在地上，带着哭腔。他双手反绑在柱子上，光着身子，瑟瑟发抖。你不是还想杀人吗？打女人是不是很过瘾？周明晨把一瓢热水泼到男人身上，男人发出杀猪般的尖叫。他走过去，抓住男人的头发，把他的头扭起来，一只手掐住他的腮帮说，小脸还挺白的，划花了可就不好看了。你用哪条腿踢人？男人惊恐地看着双腿。不记得了？没事，没事。周明晨拎着一只小铁锤，轻轻敲了敲男人的右脚背问，是这只吗？大哥，别，别。那，是这只吗？铁锤敲着左脚背。大哥，大哥，我再也不敢了，你别打我。那不行，我专门来欺负你的，不欺负你那不是白来了？周明晨一锤子砸在左脚上，一声闷响。男人嘶哑地叫喊，我操你妈，操你妈。又一锤子砸在右脚上，血像一条条蚯蚓在地面上缓缓爬行。周明晨扔下锤子，搬了个小板凳坐在男人面前说，你看清楚，认清我，想报警，想报复，随你。男人闭上眼睛说，我不认识你，我近视看不清。周明晨笑了起来说，港片看得挺多的嘛，还挺懂事儿。周明晨捡起地上的匕首，拨了拨男人低垂的阴茎说，你这玩意儿留着也是个祸害，要不割了吧？男人尖叫起来，你想干吗，你到底想干吗？周明晨说，也不想干吗，你离个婚怎样？男人说，离婚？周明晨点了点头，离婚。男人叫起来，贱女人，操他妈的贱女人。你这就不对了。周明晨捡起锤子，在男人腰上砸了几锤，你太不尊重女人了。又问，离吗？男人不吭声。周明晨说，还是离了吧。要不，我隔月揍你一次，看你这样子，也经不起几次揍。你看，我还没打你脸。他拿着锤子，做了一个砸的动作说，要是不小心砸到头上，那可全完了。说完，闭上眼睛，猛地砸了一下，锤子砸在柱子上，发出一声脆响，水泥掉下来一块儿。男人吓得缩成一团。周明晨睁开眼睛，摸了下锤子说，偏了。又问，离吗？男人脸上刷白，离，离，回去就离。周明晨扔下锤子说，这就对了。他拍了拍手说，你也别指望报复，你那点破事儿我全知道，要坐牢，你比我坐得久。你舍不得吧？好不容易混到今天。为了个女人，不值得，对不对？你是个聪明人。你别装了，邵思新说，我没想到你那么狠。我哪里狠了，你看我像个狠人吗？周明晨说，我与人为善。断了三根肋骨，双脚足骨骨裂，胸前后背大面积烫伤，还有几处瘀青，邵思新说，我看了都怕。要我看了，我也怕。周明晨说，活该，欺负女人，报应。不知道为什么，我竟然有点愉快。邵思新说，我大概也是个心狠手辣的女人。那你要谢谢帮你揍他的那个人。周明晨说。不是你吗？不是，我没那么大能量，说不定是胖子。胖子不知道这事儿。那可能是别人。不可能是别人，没人知道这些事儿，除了你。我不敢，我杀鸡都怕。你喝碗汤再回去吧，去接你时就煲上了，你在北京喝不上这么好的汤。邵思新端着一只碗，小心翼翼的，汤还很烫，冒着热气。真是一碗好汤。只要在家，每周，周明晨会到邵思新这里喝一碗汤，他喝了三年零七个月，还想继续喝下去。

地　鼠

　　张惠芬肚子大了，富宁街的街坊都看得出来。以前，她的腰是细的，风吹一样一摇一摆。现在，粗了，走路的样子像只企鹅。肚子还没显形前，街坊以为张惠芬是胖了。张惠芬大约三十四五岁，离婚，独自一个人在富宁街租了间房子，说是给人做保姆。她长得清秀，乡下女人，没有城里少妇的妖娆，有另一种味道，干净朴素。见人说话微笑着，轻声轻气，从没见过她扯着嗓子喊的。乡下女人到了城里，工作算不得累，吃住毕竟还是比乡下好了，胖起来算是意料中的事情。见张惠芬胖起来，街坊说，惠芬，你胖点好看，瘦了没肉，干得很。张惠芬微微一笑，不说话。住进富宁街快两年了，张惠芬总是独进独出，也没见人约她，早早晚晚按时按点，可她肚子突然大了。真是会咬人的狗不叫，看她平时一副斯文正经的样子，没想到。

　　富宁街最早发现张惠芬怀孕了的是邵依云，她看张惠芬的样子，不像是胖了，胖不应该是那样，她仔细打量过张惠芬的肚子，确信张惠芬是怀孕了。买完菜回家，她一边洗菜一边对杜宪民说，老公，注意到张惠芬没？杜宪民放下报纸说，张惠芬怎么了？邵依云说，张惠芬怕是怀孕了。杜宪民瞪了邵依云一眼，你别乱说，她一个单身女子，怀什么孕，坏人名声。邵依云冷笑了两声，单身就不能怀孕了？现在的女人，谁说得清楚。看起来斯斯文文的，谁知道私底下干些什么勾当。杜宪民重新拿起报纸，翻了几页说，你在家里说说就算了，别到外面讲。邵依云说，你等着瞧，她肯定是怀孕了，肚子都要显形了。等张惠芬的肚子鼓起来，邵依云对杜宪民说，怎样？我说了你还不信，现在信了吧。杜宪民不耐烦地说，怀孕了又怎么样，关你什么事？邵依云的眼睛红了，嘀咕了句，该怀的怀不了，不该怀的倒是一下子怀上了。

邵依云说的是她自己。和杜宪民结婚十多年，还没个孩子，双方父母急，他们也急。去过医院检查，两人身体都没问题。怪就怪在，没问题，但始终怀不上。杜宪民安慰邵依云说，别急，只要我们身体正常，孩子迟早会有的，这种情况以前也不少见。邵依云想了不少办法，求医问药这些普通套路就不说了，她找了多少偏方也不说了，光是请教过的人怕是已数以百计。一到邵依云排卵期，杜宪民得早早回家，甚至中午接到邵依云电话，也得赶紧回去。杜宪民麻木了，他觉得他不像在做爱，他只是个机器，一台提供精子的机器。因为这个原因，他们的性生活乏善可陈，除开排卵期前后，他们几乎不做爱，两个人都提不起兴趣。

在街上碰到张惠芬，邵依云问，惠芬，几个月了？张惠芬摸了摸肚子说，六个月了。邵依云说，那快了。张惠芬说，快了。邵依云说，还在上班？张惠芬说，不上了，主家也怕，说出了问题担不起责任。邵依云说，那可不是，你一个人得小心着点。张惠芬说，嗯，我会注意的。陪张惠芬走到门口，邵依云往张惠芬家里望了一眼，她去过张惠芬家里，很小的一个套间，收拾得倒是干干净净。张惠芬住得略有点偏，藏在巷子里，平时经过的人少，夜晚要是没灯，看不清楚。富宁街的灯是经常坏的，张惠芬没少摸黑回家。邵依云看到张惠芬阳台上晾着几件婴儿衣服，笑了笑说，这么早给准备上了？张惠芬说，朋友小孩穿过的旧衣服，小孩子穿着好，贴身，不磨人。邵依云讪讪地说，那是的。张惠芬摸着肚子说，小家伙会踢人了。邵依云有些不舒服，她觉得张惠芬是故意的。街坊见到张惠芬，和邵依云表现的差不多，只是少了些嫉妒，背后嘀嘀咕咕是有的，见到了，也没什么。不要说张惠芬已经三十多岁了，十八九岁未婚先孕的小姑娘多了去了。他们没问她男朋友怎么没来照顾她，人家不说，他们也懒得问，这点礼貌还是有的。

　　过了几个月，富宁街的鸡蛋花开了，张惠芬生了个儿子。在医院住了三天，张惠芬回了富宁街，街坊到张惠芬家里看孩子，白白胖胖的，小眼睛闭着，握着小拳头。孩子躺在张惠芬边上，张惠芬的脸色红润，和街坊打招呼。屋里多了个老妇人，张惠芬介绍道，我妈，过来照顾我。老人大约是很少出来见人的缘故，看人有些怯生生的，又有些讨好的神情。等孩子满月了，富宁街传出消息来，说张惠芬不想养，打算把孩子送人。再看到张惠芬，街坊的眼色有些不对了。她莫名其妙生了个孩子，这没什么，虽然大家对孩子的父亲感兴趣，可也没人说闲话。把孩子送人，这就不对了。自己生的孩子，再怎么样也应该养着。街坊开始骂孩子父亲，敢生不敢养，什么事情都让一个女人担着，这算是什么男人。早上，张惠芬抱着孩子出来晒太阳，有街坊看到了打招呼，惠芬，吃了没？张惠芬答，吃过了。街坊摸摸孩子小脸说，这孩子真招人疼。逗完孩子，试探着问，惠芬，你真舍得把孩子送人？张惠芬说，我也是没办法，我没个正经工作，也没时间带他，这样下去，迟早把我们两个都饿死。末了，张惠芬说，您帮我看看有没有合适的人家，只要人家疼他，条件还可以，也算是我给他找了个出路。街坊想了想，也在理，他们都想到了杜宪民。

　　知道张惠芬打算把孩子送人，邵依云坐不住了。她去张惠芬家看过孩子，健健康康，没什么毛病。邵依云对杜宪民说，老天爷真不公平，有人生了孩子想送人，我们想要个孩子要不到。杜宪民皱了皱眉头说，你又想什么了？邵依云说，我就是不服气，我们没什么毛病，怎么就生不了孩子。杜宪民说，行了行了，别整天纠结这个。孩子问题确实把杜宪民搞烦了。刚结婚那会儿，他们日子过得很好。两口子在高中教书，收入不错，寒暑假经常一起外出旅游。那几年过的是神仙日子，他们还不打算那么早要孩子，每次都用安全套。等他们想要孩子，发现要不了，那几年的安全套白用了。不想要，和想要要不到，完全不是一回事，越是要不到，越是着急。邵依云观音菩萨都拜上了，杜宪民说，亏你还是个人民教师，观音能给你生孩子？邵依云说，杜宪民，你不懂。发展到后来，邵依云见不得别人生孩子。这些年，每次有人摆满月酒，只要邵依云去了，回来总免不了哭一场。孩子，杜宪民想到这事儿就头疼。

　　想了好些天，邵依云决定和杜宪民摊牌。吃过晚饭，邵依云对杜宪民说，宪民，我想和你聊聊。杜宪民打开电视说，聊呗。邵依云把电视关了，郑重其事地对杜宪民说，张惠芬打算把孩子送人，你听说了没？杜宪民往沙发上靠了靠说，听说了，怎么了？邵依云像是下了很大决心，对杜宪民说，要不，我们领养了？杜宪民眼睛瞪得很大，说，你说什么？话说出口了，邵依云反倒轻松了，她说，我想把张惠芬的孩子领养了。杜宪民说，你急什么，说不定很快就怀了。邵依云摇了摇头说，宪民，我们别自欺欺人了，都多少年了，该想的办法都想尽了，我们生不了。杜宪民点了根烟说，万一以后你又怀了呢？邵依云说，就算万一怀了，两个我们又不是养不起，我还是会把这孩子当我自家孩子来养。杜宪民狠狠地吸了几口烟，把烟头掐灭说，你想好了？邵依云坚定地点了点。杜宪民说，你看着办吧。

　　有了这个心思，邵依云再看张惠芬就不一样了。她开始关心张惠芬的饮食起居，有事没事去张惠芬那里串个门，每次去总不忘记带点东西，有时是一袋纸尿片，有时是煲汤的食材。张惠芬说，依云姐，老是麻烦你，怎么好意思。邵依云说，都是邻里街坊，那么客气就见外了。和邵依云亲近了，张惠芬放开了些，给孩子喂奶也不避着邵依云。她搂起胸衣，露出两只丰满的乳房，将乳头塞进孩子的嘴里。看着张惠芬饱满的乳房，邵依云胸口隐隐有些发胀，她想像张惠芬一样，把乳头塞进那柔嫩的小嘴里。每次从张惠芬那里回家，邵依云还是有点难过，为了个孩子，她简直是低声下气。要是换在以前，她是无论如何也不会去伺候一个乡下保姆的，关键是这保姆还和她没任何关系。邵依云的主意是定了，她问过杜宪民，宪民，我们要是把孩子领回来了，你会不会不喜欢？杜宪民说，我无所谓。杜宪民见过孩子，张惠芬抱着出来散步，他还试着抱了一会儿。

邵依云的心思富宁街的人都看出来了，他们觉得这也好，两全其美的事情。和张惠芬熟了，邵依云想该找个机会开口了。吃过晚饭，邵依云去了张惠芬家里，孩子睡了，张惠芬一个人坐在沙发上看电视，声音开得很小，怕吵到孩子。见邵依云来了，张惠芬连忙给邵依云倒了杯水，两个人在沙发上坐下，有一搭没一搭地说话。张惠芬的表情有点紧张，她似乎意识到邵依云这次来是想说什么的。邵依云走到摇篮边上，摸了摸孩子的脸试探着说，惠芬，找到人家了没？张惠芬说，还没有，合适的人家也不好找，不知根知底的，我也担心。邵依云望着张惠芬说，惠芬，你真舍得？张惠芬说，有什么办法，要是有办法，我也舍不得。我一个人养不活他，带回家也不是办法。听张惠芬说完，邵依云说，惠芬，你觉得我和杜老师怎样？张惠芬说，你和杜老师人好，富宁街的人都知道。听张惠芬这么说，邵依云放心了，她说，我和杜老师商量过了，要是你愿意，我们想养这个孩子。邵依云的话音一落，张惠芬的眼睛红了，她用手臂擦了擦眼睛。邵依云连忙过去，搂住张惠芬肩膀说，惠芬，你放心，孩子是你生的，我和杜老师都是讲道理的人，孩子我们养，你有空过来看他。张惠芬趴在邵依云怀里说，依云姐，你和杜老师我放心。

事情说定了，他们约了日子，正式抱孩子过去。抱养那天，邵依云和杜宪民约了富宁街的街坊吃饭，做个仪式。张惠芬把孩子抱起来，亲了亲，递给邵依云。邵依云从张惠芬手里接过孩子，张惠芬眼泪下来了。周围的街坊连忙说，惠芬，你放心，邵老师和杜老师都是好人，条件也好，这孩子到了邵老师家里，那是掉到福窝里了。邵依云也说，惠芬，你放心，我们一定把孩子好好教育成人。张惠芬抽泣着点点头说，我放心，放心，我这是替孩子高兴呢。等张惠芬擦干眼泪，气氛活跃起来。有街坊说，你看，这孩子和杜老师还有几分像呢，你看那额头，宽宽的，眼睛眯着，天生就该是一家人。其他人也跟着附和，你看，你看，还真像，搞不好真是杜老师的种。杜宪民笑了起来，邵依云和张惠芬也跟着笑了。

邵依云给孩子取了个名字，杜子林，好生好长的意思。张惠芬每天到邵依云家里来，给杜子林喂奶，顺便看看孩子。时间长了，邵依云不乐意了。她对杜宪民说，宪民，张惠芬天天过来喂奶，孩子还是和她亲，这不是个办法。杜宪民说，孩子不是还小吗，等大点再说。邵依云说，那不行，等孩子大就来不及了，和孩子培养感情要从小开始，本来就不是自己生的，自己不带，养不熟。杜宪民说，那怎么办？邵依云想了想说，给孩子断奶，我们自己喂。又想了想说，最好，还是让张惠芬回去，别让孩子看到。杜宪民说，道理是这个道理，我们怎么开口？邵依云说，我来说，你不用管。杜宪民说，不能让人家就这么走了吧，多不合适。邵依云咬了咬牙说，我们给她钱，让她回去。

　　张惠芬再过来，邵依云说，惠芬，你看，孩子也大了，我想还是给他断奶好，不然总是麻烦你，我们也不好意思。张惠芬说，没事，自己孩子。邵依云把张惠芬拉到一旁坐下，给张惠芬拿了罐可乐说，惠芬，有个事情我想和你商量下。张惠芬说，依云姐，你说。邵依云说，惠芬，我知道你是好心，也舍不得孩子，可长期这样下去也不好。专家都说了，孩子不自己带，不亲。邵依云说完，张惠芬低着头没有说话。邵依云拉着张惠芬的手说，惠芬，希望你能理解。张惠芬说，依云姐，我能理解，我就想多看看孩子。说完，眼睛又湿了。邵依云心里也有点酸，想了想，她的心又硬了，关键时刻她不能松劲儿。她说，惠芬，你长期在这里，对孩子成长不好，我们想给他一个好的成长环境。张惠芬说，依云姐，我懂，我也是做过父母的。邵依云说，惠芬，不是我们心狠，都是为了孩子好。说完，走进房间，拿了张银行卡出来，塞到张惠芬手里说，惠芬，我和杜老师的一点意思，你别嫌少。张惠芬像是碰到了一个烫手的东西一样推回去说，依云姐，你这是干什么，我又不是卖孩子。邵依云拉过张惠芬的手，打开，放卡，又握上说，你别想多了，不是那个意思。

搬出富宁街那天，杜宪民帮张惠芬叫了台三轮车。张惠芬的东西少，一辆三轮车刚好装完。东西装好了，张惠芬迟迟没有动身的意思，像是在等什么，杜宪民给邵依云打了个电话说，邵老师，你把子林抱过来下。过了一会儿，邵依云抱着杜子林过来了。见到张惠芬，邵依云把杜子林放到张惠芬手里。张惠芬抱着孩子，亲了几口，眼泪啪嗒啪嗒地掉了下来。抱了一会儿，张惠芬把孩子还给邵依云，从随身的手包里掏出一块玉，递给邵依云说，依云姐，这个给子林。邵依云正要推辞，张惠芬说，拿着，我是他妈。说完，转身上了三轮车。杜宪民说了声，惠芬，有空回来看子林。张惠芬没答话，邵依云狠狠瞪了杜宪民一眼。

张惠芬搬进富宁街第一天，杜宪民恰巧遇到了。那天，他下班早，经过巷子，看到一辆三轮车开了进来，张惠芬从车上下来，刚好挡在杜宪民前面。张惠芬对杜宪民说，不好意思，搬点东西，很快的。三轮车往边上挪了挪，给杜宪民让出位置。杜宪民看了看张惠芬，穿的是蓝色的碎花裙子，剪的短发，笑起来有点拘谨。他问了句,新搬来的?张惠芬说,嗯。杜宪民说,那以后就是邻居了,你住哪里?张惠芬指了指巷子里面,杜宪民说,哦,那里,那里灯容易坏,也偏,平时要注意点。说完,看着张惠芬问,就你一个人?张惠芬点了点头。再见到张惠芬是在市场,张惠芬买菜,忘了带钱,杜宪民借了张惠芬一百块钱。张惠芬说,不好意思,杜老师,麻烦你了,回头我还给你。杜宪民说,算了算了,又没多少钱,都是街坊邻居。张惠芬说,那不行,那我就不借了。她要了杜宪民的电话,给杜宪民打过去说,这是我电话。

再在街上碰到张惠芬,杜宪民偶尔会停下来,和张惠芬说几句。知道杜宪民是老师,张惠芬说,难怪看起来斯斯文文的。等熟了,张惠芬偶尔和杜宪民抱怨,现在的主家不好,特别挑剔,疑神疑鬼,老是怀疑她拿家里东西,贪买菜的钱。杜宪民说,那换一家呗,干点别的也好。张惠芬笑得有些难为情,我没读过书,也不知道能做什么。这么大年纪,进工厂也受不了。张惠芬随口一说,杜宪民记在心里了。过了些天,杜宪民给张惠芬打电话说,我有个朋友,人不错,家里正要个保姆,你看要不要试试?他说的是实话,没有刻意的意思。张惠芬去了,留下了。待遇比以前好,最重要的是主家好说话,也信任她。张惠芬打电话给杜宪民,说请杜宪民吃饭。杜宪民说,算了,你

收入又不高，再说，我也没做什么，随口说说的事情。后来，
在街上碰到杜宪民，张惠芬说，去屋里喝杯茶吧。杜宪民想了
想，去了。给杜宪民倒了杯水，张惠芬说，杜老师，你人真好。
杜宪民说，人都差不多，好的少，坏的也少。坐了会儿，张惠
芬问，杜老师，你家里就你和邵老师？杜宪民点了点头。张惠
芬说，知识分子就是不一样，结婚晚，生孩子也晚，不像我们
乡下。我二十一出嫁，二十三岁就当妈了。杜宪民说，也不是，
不好说。说完，换了个话题，你孩子在家里？张惠芬说，跟他
爸一起。杜宪民说，孩子跟着爸也不好，没妈照顾，容易出问
题。张惠芬说，也是没办法的事情，结婚早，不懂事，嫁了个
人，整天喝酒、赌博，喝多了还打人。实在受不了，就离了，
要不我也不会跑出来。杜宪民看了看张惠芬，他没想到是这样
的。张惠芬问，杜老师，你们怎么不要个孩子？杜宪民把情况
说了，张惠芬听完说，别急，迟早的事情。

　　和张惠芬的交往，淡，没什么特别的。平时，他们很少联系，
在街上碰到了打个招呼。仅此而已。变化是在一天晚上，杜宪
民从外面喝了酒回来，他特别想找个人说话，翻遍电话本，又
觉得没人可约，他能和谁说说呢？回到富宁街，杜宪民摇摇晃
晃的，走到巷尾，他想到了张惠芬。巷子很安静，路上看不到
人，晚上十一点了，拐角处的灯又坏了。杜宪民摸索着走到张

惠芬门口，里面的灯还亮着。他拿出手机，给张惠芬打了个电话。电话通了，张惠芬说，杜老师，这么晚了，有什么事情？杜宪民压低声音说，没什么事情，我在你家门口。张惠芬说，你别逗我。杜宪民说，你打开门试试。说完，把电话挂了。很快，门开了。把杜宪民让进屋里，张惠芬说，杜老师，你喝酒了？杜宪民点点头，脸上热乎乎的。张惠芬扶杜宪民坐下说，喝多了也不早点回去，你不怕邵老师担心？杜宪民摆摆手说，你别说她，别提她。张惠芬给杜宪民泡了杯茶说，你先喝杯茶，等清醒点再回去。杜宪民望着张惠芬说，惠芬，我想和你说说话。张惠芬的表情有些不自然，脸也红了。她穿的是睡衣，短衫短裤，没穿内衣，两条腿赤裸裸的，稍一弯腰，两只饱满的乳房就露了出来。从张惠芬身上下来，杜宪民清醒了，彻底醒了。他有点不知所措，对张惠芬说，惠芬，对不起。张惠芬笑了笑，把杜宪民抱到怀里说，傻瓜，说什么对不起，我是个正常人，我也需要的。

　　发生了这事，杜宪民在街上碰到张惠芬反倒拘谨了，除开打个招呼，尽量少和张惠芬说话，他怕人说闲话。两个人暗地里电话联系，打完电话，杜宪民及时把通话记录删掉，怕邵依云看见。去张惠芬家里，杜宪民像做贼似的，左看右看，趁着没人悄悄溜进去。邵依云教高中，每个礼拜有两节晚自修，下自习回到家，差不多十一点了。杜宪民和邵依云的时间是错开的，这给他制造了机会。每次去张惠芬那里，两个人都迫不及待地脱衣服，做完爱，关着灯聊天，聊到十点半，杜宪民说，我要回去了。张惠芬也不说什么，她知道邵依云快回来了。

　　杜宪民想要个孩子，和张惠芬好上后，这个想法愈发强烈起来。除开想要个孩子，他还想知道，是不是邵依云和他不合，他和别人是不是能生个孩子。杜宪民试探着对张惠芬说，惠芬，我想要个孩子。张惠芬说，邵老师身体没问题，迟早会有的。杜宪民叹了口气说，这都快十年了，我等不及了。张惠芬没说话，杜宪民抱着张惠芬说，惠芬，我想要个孩子。张惠芬明白杜宪民的意思，杜宪民对她的好，她也是知道的。这个男人贴心，温柔，还会说情话，和他在一起，她的肉体和精神都是舒服的。张惠芬摸着杜宪民的下巴说，你真想？杜宪民说，真想。张惠芬说，那我给你生。再做爱，他们没用安全套，张惠芬的身体涌动着巨大的激情，她想，来吧，来吧，送个孩子到我怀里来。

　　过了几个月，大约三个月吧。有天，等杜宪民进了屋，张惠芬对杜宪民说，杜老师，我想我有了。杜宪民一下子没反应过来，有什么了？张惠芬说，我怀孕了，下午刚测过，应该是有了。她把试孕棒给杜宪民看，杜宪民看着试孕棒上面的两条红线，惊喜地问，真有了？张惠芬笑着说，我还骗你不成。杜宪民一把抱住张惠芬，亲张惠芬的脸、嘴唇、脖子。接着，他拉开张惠芬的上衣，用力亲吻着张惠芬的肚皮。张惠芬的肚皮，平坦，光滑，一个新的生命在里面孕育生长。

　　杜宪民整个人精神起来，富宁街像是刷了一层清漆，在杜宪民看来清新明亮，他很久没有过这种感觉了。邵依云还像以往一样努力，一到排卵期就缠着杜宪民。以前，杜宪民还尽力配合一下，现在，他不想了，努力了这么多年，他厌倦了，烦了。趴在邵依云身上，他觉得他像一头被迫交配的种猪，在那里动啊动啊，费力而羞辱。他没有问题，他是好的，他不想再为邵依云努力了。同样是女人，张惠芬比邵依云略年轻几岁，要论保养，邵依云还好一些，但他提不起兴趣。在张惠芬那里，杜宪民有蓬勃的激情，他热爱张惠芬的身体，仿佛那是一个巨大的宝藏，他是个贪婪的寻宝人。

　　张惠芬怀孕后，事情复杂起来。如果让杜宪民选，他想离婚，娶张惠芬。杜宪民和张惠芬说过这个想法，张惠芬说，杜老师，你别，我和你好，我愿意。给你生孩子，也是我愿意。你要是因为我，不要邵老师，我心里过不去。她又没什么错，女人到了这个年纪，经不起折腾。杜宪民说，那你怎么办？张惠芬说，我不怕，反正我也没家室。杜宪民说，那孩子呢？说到孩子，张惠芬不说话了。张惠芬的肚子一天比一天大，富宁街的人都看出来了。虽然大家面上不说，各种猜测还是有的。张惠芬对杜宪民说，杜老师，你以后别来我这里了，让人看到了不好。杜宪民说，那你怎么办？张惠芬说，我没事，等再大些，我喊我妈过来。杜宪民心里一酸，他说，惠芬，我对不起你。张惠芬笑着对杜宪民说，我愿意，我想给你生个孩子。

张惠芬生了，街坊去看孩子。杜宪民跟着邵依云去了，他看到孩子的轮廓，心潮澎湃，他一眼看出，孩子的额头像他，眼睛像他。他尽量离得远些，避开张惠芬的视线，他怕一不小心把所有的秘密都暴露出来。他要把这个孩子变成自己的，名正言顺地落在他的名下。和张惠芬说起他的想法，张惠芬说，杜老师，我觉得有点对不起邵老师。杜宪民说，我想不出更好的办法，你一个人带着，我不放心。张惠芬说，你说的我都明白，可我心里还是不好受。杜宪民说，惠芬，不管怎样，这是我们的孩子。张惠芬突然问，杜老师，你爱我吗？张惠芬说完，杜宪民心里一惊，他们在一起这么长时间，张惠芬从来没问过他这个问题。我爱你。杜宪民说。张惠芬说，那就够了。她笑了起来，杜宪民想，她一定是哭着笑的。

孩子满月了，富宁街传出消息，张惠芬想把孩子送人。消息散布出去，杜宪民紧张起来，他怕邵依云无动于衷，如果那样，事情就麻烦了，毕竟他是不好先开口的。那样，先不说邵依云会不会怀疑，至少，邵依云会觉得她受到了侮辱，很可能坚决拒绝他的建议，事情就搞砸了。等到邵依云主动开口，杜宪民心里的一块大石头终于落地，他知道事情成了，他装作轻描淡写。正式抱养前几天，杜宪民去了张惠芬家里。张惠芬抱着孩子说，杜老师，我们一家三口，以后怕是难得有机会单独在一起了。杜宪民说，惠芬，放心，即使你以后不在富宁街了，我也会带孩子去看你。张惠芬突然说了句，杜老师，如果邵老师知道这孩子真是你的，她会怎么办？会不会对孩子不好？这个问题杜宪民想过，他不知道怎么回答，也许会，甚至是痛恨，这个孩子羞辱了她。他说，我也不知道。张惠芬笑了笑说，杜老师，你别多想，我只是随便问问，不会说的，我只希望孩子好好的。聊了一会儿，张惠芬说，杜老师，我想做爱。孩子在摇篮里睡着，张惠芬和杜宪民在床上，激情伤感。穿上衣服后，张惠芬对杜宪民说，杜老师，以后别来找我了，你找我，我也不会开门的。

杜宪民终于成了孩子的父亲。

邵依云抱着孩子，看着张惠芬的背影，她希望这个影子快点消失，永远消失在她的视线里。杜子林咬着奶嘴，他不知道他的母亲离他越来越远，他还不知道谁是他真正的母亲。等三轮车拐过巷口，杜宪民对邵依云说，回去吧。邵依云把孩子递给杜宪民说，你儿子，你抱抱。杜宪民没有多想，他抱着孩子，那张小脸，他喜欢的小脸，小小的身体里流动着他的血脉。

富宁街正是盛夏，浓荫覆盖着地面，万物蓬勃生长。邵依云觉得她的身体被抽空了，她的子宫空瘪，乳房挺拔。这一年多来，邵依云活得像只老鼠，她看见黑暗中的一切，但她不说。有几次，杜宪民在她身边悄悄躺下，他以为她睡着了，其实她没有。凭着女性的敏感，她嗅到了她熟悉的气息，那属于女人的身体，甜腻，带着奇异的腥味。她看见杜宪民从巷子深处出来，那里的灯亮了一下，又迅速地灭掉。她看见张惠芬，她的乳房一天天鼓胀，小腹缓缓突起。愤怒、羞辱、失败，种种情绪曾经充斥她的头脑，她甚至想过，她要把眼前的这个世界全毁灭掉。最终，她控制住了疯狂的冲动，她可以做得更好，也许是更坏。

不管怎样，杜宪民，我给了你一个属于自己的儿子。

邵依云想。

紫色康乃馨

　　离门口还有一段距离，余正言身上扑来一阵凉气。他抬头望了望不远的门牌，树荫贴在门牌上，字影略显得模糊，有点阴阳脸的意思。那树杂乱、枝枝叶叶蓬勃的一团，倒是活力四射的样子。突兀还是有一些，一根粗壮的横枝从山体上斜插过来，伞一般掩遮着门牌，要从低处才能看清楚上面的四个大字。余正言站在树下，和门牌附近那棵品种不可考的树相比，他身旁的这棵名属坦荡、普通的大叶榕。和小叶榕比起来，大叶榕简洁许多，颇有君子气度，叶片光洁宽大，枝干清晰明了，就连垂下的气根也不多纠缠。小叶榕则到处显得小气，颇不磊落。每次到这里来，余正言总会在这棵树下站一会儿，远远地看着牌子，不光因为喜欢这树，也放空一下脑子，他什么都不想。在铁城，大叶榕满街满巷都是，算不得什么稀奇的玩意儿。要说稀奇，门牌附近的那棵才是。余正言拍了图，问过好几个人，都说不清楚。用好几个 APP 拍图查了，答案不一，这让他更不确定那到底是棵什么玩意儿。要讲样子，确实漂亮，气质也合适。"蓬莱仙岛"四个字，配上棵道骨仙风的无名怪树，仙气儿足，哀思沉沉。这地方，别人不愿意来，余正言常来。无他，他有朋友在这儿上班。来得多了，忌讳成了没有的事，别样的感慨生起了一些。

从"蓬莱仙岛"四个黑壮的大字下走过去，和保安打过招呼，余正言算是进了场。他来的次数多，和保安混熟了，烟都不用递。保安见到余正言也不多说什么，点个头，算是打过招呼。这个地方上班的，工作时间话都少，尤其是在办事的场合，更是沉默。本就依山而建的院子里种了不少树，背靠着山，苍翠浓烈，要是夏日正午来，青气漂浮，油脂一般腻重。从院子里往外望一眼，青黄的一片香蕉林。按铁城的说法，香蕉林阴气重，尤其是月圆之夜，冤魂野鬼最喜躲在香蕉林里，碰到不懂事的男子，少不得做些坏事。余正言点了根烟，在院子里坐了一会儿。和马路上比，院子里凉爽许多，原因余正言想过，他不愿意理解成心理作用，他想，大概还是后山大片树林，整日树荫弥漫，凉气顺着山坡流了过来。有人在做法事，锣磬唢呐之声阵阵传过来。抽完烟，余正言顺着阶梯往上走，他去找老谭。老谭在殡仪馆工作了快二十年，他们两人交往时间十来年。他是这几年才知道老谭在殡仪馆工作。以前，他也问过老谭在哪里上班，老谭说"民政局"，他没有多想，也没细问。铁城虽小，却也是移民城市，大家来自五湖四海，聚散常有，查户口这种讨嫌的事，稍微明白点事理的都不得干。知道老谭的工作单位，余正言倒是来了兴趣，他是医生，对生死看得平淡。他说，有空我去找你玩吧。老谭说，只要你来，欢迎。一来二去，两人混成了朋友，时常一起吃吃喝喝。再后来，能交心了，那就更近了些。

进了老谭办公室，见余正言来了，老谭抬头打了个招呼，来了，你先坐，抽根烟，我忙完手上的活儿。余正言也不客气，找了个烟灰缸，又烧了水，他想喝杯茶。老谭办公室宽绰，比他们馆长办公室大，不是因为老谭地位特殊，确因工作需要，没有地方施展不开。他们办公室两个人，摆了两张书台，书台上堆满了裁得细长的白纸，白纸的末端剪掉一个三角。老谭的工作主要是写挽联，毛笔，手写。这工作量说大不大，说小不小，最重要的是细心，一个字都不能错。写错了，谁见了谁急。和老谭熟了后，余正言常和老谭开玩笑，谁的名字落在了你手上，那都是不幸。老谭说，你这么说也没问题，死了的不说。就算是送花圈的，毕竟也是失了亲戚朋友。不瞒你说，刚开始写，我手抖，现在惯了，有时还会研究下名字。无聊时，还会就着名字猜猜长相。写了快二十年，我都不记得我写了多少个名字，有特点的真没几个。各种人也算见过不少，见了就忘，没一张脸能入得心的。余正言坐了会儿，老谭写完挽联，放下笔，找了茶叶，在余正言对面坐下来说，今天没上班？余正言说，轮休，做医生的，和你一样，没个确切的休息日子。老谭泡了茶说，下班一起吃饭吧。余正言端起茶杯，喝了口茶说，你以为我来找你干吗的，不约酒我来干什么。老谭说，那倒也是，我这里也没什么好玩的。两人聊了一会儿，余正言指了指外面说，什么状况？听声音有点不对劲。老谭说，孩子，十五六岁。余正言说，这么小，怎么回事？老谭说，得了病，钱花完了，人没留住。余正言放下茶杯说，难怪听着像是真哭。老谭说，这你都听出来了？余正言说，听得多了，自然听得出来，你听不出来？老谭弹了弹烟灰说，我再傻，听了一二十年也该听明白了。哭和哭不一样，殡仪馆别的见得少，哭听得多，医院也一样。哪种哭用了心的，哪种哭只是走过场，一清二白，比白纸黑字还要清楚。余正言站起身说，我出去看看。老谭说，那我继续干活儿，还有几个没写完，明天要用。

　　灵堂离老谭办公室短短几步路，拐个弯就是。从老谭办公室出来，余正言去洗手池洗了个手，又扯了张纸擦干。天热，手上满是汗渍，洗掉了舒服，他喜欢手上干爽清洁。洗干净手，余正言弯到灵堂边上，找了个边角的位置。从这里能看到灵堂里面的一举一动，道士在念经做法事，亲友有的看手机，有的时不时说几句话。余正言靠在栏杆上，大理石栏杆热气散了些，剩余的热渗进腰里，肌肉松弛温软。余正言腰硬，站得久了或是坐得久了，换动作要轻柔细慢，不然的话，疼得伤人。余正言又点了根烟。这么一会儿，他点了三根烟，不喝酒的话，这差不多是他平时一天的量。他听着人哭，看着道士来回念经，一圈又一圈。道士念的经文，他听得含含糊糊，连不成句子。他问过老谭，他们到底念的什么？老谭说，这个我也没有深究，具体的词搞不清楚，反正不同的人词不一样。哭喊的一群人中，余正言一眼看出了哪位是母亲，哪位是父亲。他把头转向别处，远处的山和近处的香蕉林，清晰如常，鸽子一群群地斜飞过去。他想起了姚攀。她一直瘦，让人怀疑她从来没有吃饱，其实她食量不错，四两的大闸蟹，不收着的话能吃五只，还不算别的。和姚攀认识那会儿，他还年轻，胡子柔软，白头发一根都没有长出来，至于肌肉，硬鼓鼓的有力，肚脐眼还很浅，不像现在深陷在松软的脂肪中。

　　他和古丽一起被派往北京学习。去之前，古丽问他，你对北京熟吗？余正言说，不熟，路过一两次，哪里都没有逛过。古丽说，那正好，我熟，我带你去玩吧。古丽比余正言早两年到医院，年龄却比他还小三岁。古丽本科毕业出来工作，余正言读了硕士，再加上医科学制长，他出来工作时快三十了。刚到医院，古丽对余正言很照顾，她像是从一群实习医生中一眼认定了余正言。两人的交往，古丽处于绝对主动地位，约他吃饭，和朋友们一起唱歌，消夜。好几次古丽喝醉了酒，赖着要余正言送她回家。送到楼下，古丽醒了，笑嘻嘻地说，我爸妈真在家，就不约你上去喝茶了。等古丽租了公寓，一个人出来住，两人的关系早已变得明朗，他们成了兄弟。说上去喝茶，那是真喝茶，一点邪念也没有。古丽本地人，长得漂亮，性格开朗，家里背景据说相当不错。看出了古丽的心思，带余正言的主任医师说，小余，古丽还是很不错的，别看样子大大咧咧，其实心细。再说，她家在本地，以后很多事情方便。主任的意思余正言听得明白，铁城小，人情世故却更纷繁复杂，要想日子过得安逸，讨个本地有背景的姑娘，省了很多麻烦。余正言说不清对古丽的感觉，做哥们儿一点问题没有，做女朋友总觉得哪里不对。第一次去古丽公寓，两人都喝了点酒。本来一群人还要去消夜，两人对了下眼色，不到十二点，从酒桌撤了。周围的人也都明白，当作没看见。进了房间，古丽脱掉套头衫说，太热了。她开了冷气，踢掉鞋子，又脱了短裙。古丽身上只剩下文胸和底裤，她打开冰箱问，你喝什么？余正言说，有没有水？古丽问，你真是上来喝茶的？她坐在余正言身边，放了瓶矿泉水。余正言伸手摸了摸古丽的大腿，又摸了摸乳房，汗津津的，野性的情欲的味道。他把手拿回来，扭开矿泉水瓶子说，真喝水，太渴了。古丽进了房间，等她出来，她套上了外套。古丽问，你真的一点邪念也没有？余正言说，想有，做不到。古丽说，那我们做哥们儿吧。

　　在北京培训那一个月，他们开了两间房。有时候也一起睡，素的。余正言抱着古丽，即使抚摸她，也像欣赏一件难得的瓷器。古丽睡得安稳，腿压在余正言身上。有这么一个姑娘做朋友，余正言觉得挺好，又觉得有点对不起她。他们十二月初去的北京，已经冷了。冬天的北京，更像京城的样子，满城的柳树和银杏落得一片叶子不剩。古丽很少见到北方的冬天，她对余正言说，叶子怎么可以落得这么干净？余正言说，有风呢。前半个月，几乎每个晚上，古丽带着余正言满北京逛，吃喝玩乐。她对别的兴趣不大。一个月过了大半个月，眼看培训快结束了，古丽突然想起了什么一样说，我操，我还有个闺蜜在北京呢，把她给忘了。余正言说，这一听就不是闺蜜，真闺蜜哪还有忘的。古丽说，真不是，我和她不一样，一百年不联系，那还是姐们儿，不像那些塑料花。古丽说，我得约她吃个饭，你和我一起吧。约好了人，古丽盯着余正言说，我感觉有点危险。余正言说,什么危险?古丽说,你可能会爱上她。余正言说,开什么玩笑。古丽说,爱就爱吧,反正也没几天了,你们顶多也就搞个一夜情。第一眼看到姚攀,余正言觉得古丽的担心纯属多余。等他们从酒吧出来,他才知道,女人的直觉简直是这世间最神秘的武器。他和姚攀聊到了圆明园。余正言说,小学历史课本上就学过,还没去过呢。姚攀说,要是不起风,去看看还挺好的,这个季节干净。余正言借着酒胆说,明天我们一起去吧。姚攀说,好啊。他们互相留了电话,约了时间。送完姚攀,回酒店的路上,古丽说,明天真去?余正言说,真去。古丽说,我不去。余正言说,一起去嘛,不是你闺蜜吗?古丽转过身,托起余正言的下巴说,我去算个什么东西?她鼻子哼了一声,好一对狗男女。说完,忍不住笑了。

圆明园又大又平,偶尔起伏的山丘不值一提。让余正言意外的是圆明园居然还有那么多的水,他没想到,历史书上也没有说过。姚攀戴了帽子,穿了羽绒服,脚下是运动鞋。相比姚攀,余正言简单了很多。他穿得随意,明显准备不足。该看的几个地方都看了,不外乎课本上见到的那几个。他有兴趣,相比起对姚攀的兴趣,再精美的门廊,再精巧的水法也低到了尘埃里。姚攀对圆明园说不上熟,大概来过几次,听过旁边导游的讲解吧。她给余正言讲解时,语调犹豫不决。还好,他们很快穿过了那几个景点。接下来的山丘和树木不需要讲解，人也少了。余正言和姚攀聊起了古丽。她们俩是同学，一个宿舍睡了四年。这次逛圆明园，古丽没来，姚攀也没问，有些意思不用说得太明白。两人毕竟不熟，虽然昨晚一起厮混了一夜，信息含量不大，彼此的情况了解得非常少。几乎整个晚上，古丽和姚攀叽叽咕咕，余正言像个服务生一样端茶倒水伺候着。刚开始，姚攀以为余正言是古丽男朋友，很快意识到这也是闺蜜。乍一看姚攀，没什么出奇的地方。等她坐下来，开始说话，笑起来，整个人都生动起来。她的神态，正是余正言喜欢的。他们一起去了酒吧，姚攀喝了点酒，余正言惊奇地发现，他硬了。他对姚攀的欲望狂热地升腾起来。白天再看到姚攀，余正言确认了这一点，他对姚攀有欲望，这种欲望和爱相等。姚攀的帽子再普通不过了，满大街都是这种挂着毛茸茸小球的帽子。她穿着一条洗得发白的牛仔裤，全世界的女生都会这么穿。对南方人来说，还有什么衣服比羽绒服更难看？余正言从来没见过一件漂亮的羽绒服，鼓鼓囊囊，毫无线条，全是堆砌。这些放在姚攀身上，都好看了。逛到太阳快落山，他们已经逛了快五个小时了。余正言发现，他们迷路了，他们走到了几乎没有任何标识的边缘地带。等他们从园子里出来，街灯都亮了。一起吃完晚饭，余正言把姚攀带回了酒店。

　　一定发生了某种奇妙的效应。余正言想。他看过《动物世界》,知道很多动物到了求偶季节会发生独特的气味,这种气味吸引着异性,它们交配,繁殖,生命得以延续。人类,作为高级动物,在原始的生命气息中,可能还保存着这种气味。它如此独特,只有同类才能敏感地知觉。这是爱情。余正言回想起昨夜他和姚攀在一起的细节,没有羞涩,动作流畅,他们像是一对交往三十年的老情人。他们的身体、他们的语言呈现出自然的状态。余正言想到了一个词,自由。他第一次知道生命可以这么自由舒展。和古丽一起吃早餐时,古丽问了句,姚攀走了? 余正言说,什么意思? 古丽说,你别给我装,有胆子带人家回酒店,不敢承认? 余正言说,没装。古丽拿勺子敲了敲盘子长叹一声说,孽缘啊,造孽,我就不该让你俩认识。余正言说,你吃醋了? 古丽说,老娘吃她的醋? 我要想睡你,还挑日子? 余正言说,我们是兄弟。古丽说,这次我可能把你害惨了。怎么可能? 余正言笑了,她又不是老虎。古丽说,我知道你感觉特别好,这才是要命的。余正言想起了酒店房间的灯光,昏黄微明,落地窗帘层层叠叠。因为小,整个房间像是在努力保守一个巨大的秘密。

　　从北京回来,余正言像是什么事都没有发生,该上班上班,该吃喝吃喝,看不出一点异常的样子。余正言在外科,拿手术刀的。医生普遍理性，不说泰山崩于前而面不改色，遇到事情至少没那么慌张。科室的医生普遍嗜酒，一喝起来，余正言都害怕。他喜欢喝点，但那种喝法，他接受不了。在他看来，那不是喝酒，完全是拼命，有什么必要那样喝嘛。他和古丽抱怨过，每次和科室同事一起出去，他都是躺着回来，很不舒服。古丽说，慢慢你就习惯了，也会懂的。和古丽说的一样，时间长了，他懂了。整天看到败坏的身体、病变的器官，他既厌恶又带有莫名的兴奋，酒精调和了这种看起来不健康的情绪。古丽提起过姚攀几次，问余正言还有没有和姚攀联系。余正言说，偶尔还发个信息。古丽不信，余正言说，我什么时候骗过你？古丽说，我总觉得你们之间不会就这么完了。古丽的感觉没错，他们之间还没完。北京的最后一夜，他们三人一起过的。和余正言一起回酒店，姚攀没有避开古丽。她知道古丽什么都知道，既然什么都知道，也就没有必要遮遮掩掩。进房间之前，古丽一脸坏笑地对姚攀说，努力努力，加油，one night in 北京，他留下许多情。又拍了拍余正言的肩膀说，小伙子，看你的了。和古丽想的不太一样，他们什么都没做。关上房门，余正言抱了抱姚攀，姚攀从余正言怀里挣脱出来说，我不太想。看到余正言失望的样子，姚攀摸了摸余正言的脸说，别了，留点念想比什么都好，太完整了，显得特别不真实。他们有过两个美好的夜晚，够了。喝了杯水，姚攀帮余正言收拾好行李，聊了会儿天说，我就不送你了。说完，起身准备走。余正言拉住姚攀说，不能不走？姚攀说，我不走，你的心定不下来。等姚攀走出房间，听到房门咔嗒一声。和姚攀说的一样，他的心里安静了。在床上躺了一会儿，余正言给古丽打了个电话。古丽问，姚攀走了？余正言说，嗯。古丽说，我过来睡。余正言说，好。过了两三分钟，余正言听到门铃声。他打开门，古丽站在门口。进了房间，古丽抱住余正言说，别伤心了。余正言说，我心里难受。古丽摸了摸余正言的头发说，好了，别说了，睡觉，我也困了。古丽往余正言怀里贴了贴，她的乳房顶着余正言的胸口。余正言的手放在古丽的腰上，又挪到她的屁股，光滑细腻，他又想到那个烂俗的比喻：瓷器。余正言没有勃起，他放心了。

　　回到铁城，余正言想起姚攀，总有点恍惚，真有这么一个女人吗？他看电话号码，有；看微信朋友圈，有；她的照片，也有。有时，他很想问问古丽，姚攀到底是个什么样的女人？这只是一个念头，他能够压制得住。北京太远了，和铁城隔着两千多公里。他不应该想那么远的事情。铁城很好，适合生活，他应该找个合适的女人结婚，生子，度过别人看起来完美的一生。这一生里，可能没有姚攀。一天里，余正言大部分时间在工作，剩下的时间睡觉，休息，他不愿意想太多的事情。生活能够简单些，那也很好。每天临睡前，余正言习惯看看姚攀的朋友圈，基本没什么内容，她看到了一片模样奇特的云，和朋友们吃了一份漂亮的西餐，类似的，等等。这里面没有余正言，一点都没有，哪怕是他们在北京的那几天。在姚攀的朋友圈里，余正言是一个不存在的人。他给姚攀发信息，姚攀都回，礼貌又客气。有几次，余正言想把话题引到那两个美妙的夜晚，姚攀巧妙地避开了，她像是不愿意提起这个话题。女人，能够理解的，谁愿意和一个睡过两晚的陌生人深入交流呢？他也许只是姚攀众多男人中的一个。想到这里，余正言觉得自己特别滑稽可笑，像一个脱光了的小丑，丢人丢到了太平洋。让他意外的是当他收到姚攀的那条信息时，他居然一秒钟都没有犹豫。那天，临睡前，他例行给姚攀发了个信息，晚安。过了几秒钟，姚攀回了句，如果我嫁给你，你要吗？余正言飞速回了一个字，要。姚攀说，那我嫁给你。两个月后，余正言告诉古丽"姚攀要来铁城"，古丽似乎一点也不意外。余正言问，你怎么一点不惊讶，姚攀和你说过了？古丽说，没有。余正言说，你怎么看？古丽说，我有点担心。余正言喝了口水说，我们准备结婚。古丽看着余正言，像是想从他脸上找一个答案。看了一会儿，她说，那好吧，祝福你们。

　　婚礼办得简单，余正言的同事朋友加起来不到六桌人，双方的家长都没有到。老谭至今还记得那场婚宴，太简单了，没一点结婚的样子。没有致辞，没有婚纱和花童，也没有礼金和大红的"囍"字。余正言和姚攀站在门口迎客，穿得随随便便，连胸花都没有。等人差不多齐了，余正言说了句，今天我结婚，大家吃好喝好，都是自己人，别客气。两口子敬完酒，不到一个小时，六桌人散了四桌半，剩下的都是死党，重新凑成一桌喝起来。桌上除开古丽，都是第一次见到姚攀，都拿她开玩笑。姚攀大大方方的，有问必答，酒杯也没空着。老谭喝了几杯说，小姚，你从帝都嫁到铁城来，图个什么，亏大了。姚攀看了看余正言说，有人肯娶我，我还挑什么。再说了，我家正言说了，他爱我。姚攀说完，一桌人都笑了，指着余正言说，你这个骗子，都骗到帝都去了。两人结婚后，余正言出来吃饭喝酒，总是一个人，老谭刚开始还问，姚攀呢，怎么不带她出来？她刚来铁城，人生地不熟的，多带她出来见见人，熟悉熟悉。余正言说，她不太喜欢出门，随得她吧。问了几次，老谭也不问了，每个人情况不一样，说不定人家嫁到铁城，图的就是铁城的清静。老谭去过余正言家几次，姚攀客客气气的，招呼也周全。他总觉得哪里有点不对劲，后来想明白了，生分。姚攀的客气里带着拒人于千里之外的生分。想明白了这个，老谭不去余正言家了。想约酒了，都出来搞。即便如此，老谭也能感觉到余正言和姚攀不像一般的夫妻，他们眉眼之中透露出来的感情都是藏着的，又深又烈，像是陈了多少年的酒。

　　等到下班，老谭给余正言打了个电话，还没看完？余正言说，看完了。老谭说，那你回来，我换个衣服，早点走。回到老谭办公室，余正言又点了根烟。等余正言抽完烟，老谭换好了衣服。平时上班，老谭要穿工作服，他们的工作服并不特殊，样式也普通，放到街上并不起眼。只是口袋处"铁城市殡仪馆"几个字有点扎眼，出了单位，老谭从来不穿工作服，省得尴尬。老谭拿着车钥匙问，晚上吃什么？余正言说，随便吃点，反正也吃不出什么花儿来。对吃，余正言没什么讲究，约老谭纯粹为了聊天。那就就近吧，懒得跑了。老谭说，炒几个土菜了事。余正言说，行。土菜馆离老谭单位近，开车不到十分钟，店里装修简单，生意还不错。要是他们两个人吃饭，老谭喜欢去那儿，几瓶冰啤酒下去，舒服得很。两瓶过后，余正言话多了一些。他酒量不太好，啤酒六七瓶的量，在他们科室，属于任人宰割的角色。对此，他们主任多次痛心疾首地说，小余，你这个酒量是在拉低我们科室的平均水平啊。余正言尽力了，白酒他更是喝不得。见余正言放松了，老谭问，这些天忙什么呢？余正言说，老样子，上班下班，加班比以前多了点儿，也问题不大。老谭说，那就好，要是有空，出去转转吧，散散心。余正言喝了杯酒说，懒得动，哪里都不想去。老谭说，周末一起出去钓鱼吧，我有个朋友包了片山林，里面有个湖，水好鱼也好。罗非一两斤一条，干净得很，杀开覆膜都是银白的，不像水塘里养的，黑乎乎的，看着恶心。余正言和老谭碰了下杯说，我是没有那个闲情逸致，大太阳下坐几个小时，受不了。又说了几句，余正言还是兴趣索然，老谭只好说，那随你，别老一个人待着。余正言说，我这不是来找你喝酒吗。两人各自喝了五瓶，余正言放下杯子说，不喝了，喝不动了。买了单，老谭想送余正言回去。余正言说，你先回吧，我散散步，没几步路。老谭问，真没事？余正言说，真没事，放心，我酒量还没差到这个分儿上。

从土菜馆出来，一下子热了起来。时间还早，才九点多钟，街上正是热闹的时候。每个店里都坐满了人，摆在外面的大排档更是乌泱泱一大片人头。这路两旁种着杧果，挂果的季节，一派丰收的景象。果子长得漂亮，核大，纤维多，口感虽然有点毛糙，却甜，带着热带水果独有的异香。余正言还记得姚攀第一次看到树上活生生的菠萝蜜的神情，她睁大眼睛，简直不敢相信，它怎么可以长得这么不讲道理？和北方常见的水果相比，菠萝蜜长得确实太不讲道理了。那么大的家伙，怎么能如此随意地长在树干上，上上下下到处都是，没有一点规矩。看过菠萝蜜，再看到火龙果和菠萝，姚攀没那么意外了，她习惯了南方的生活。刚来铁城头两年，姚攀没上班，她说想休息一会儿。和余正言说这个时，她轻轻慢慢的，像是怕余正言不同意。对这个，余正言无所谓，两个人的生活，如果要求不高，怎么都可以过下去。余正言做医生，没节假日这个说法，都是轮休，排到哪天是哪天。碰到休息，余正言带姚攀四处逛逛，去哪儿看姚攀的意思。结婚后，他们和古丽来往不多，一个月见一两次的样子。古丽担心什么，余正言已经知道了，他不在意。

　　再往前走一点，会看到一棵大榕树。原本这里是个村子。和南方别的村子一样，村口总是种着大树。这些年，村子被高大的商业圈包围起来，只剩下村口的大树提醒着铁城人，有些历史已经过去了，就连过往的痕迹也难得找了。靠着大榕树，开了一排小店，里面有家花店姚攀喜欢。几乎每个礼拜，姚攀都会和余正言一起来买花，要是余正言忙，姚攀自己走几步过来，反正也不远，权当散步。结婚前，余正言过得粗糙，除开必要的家具，桌子、椅子、衣柜和床，家里空空荡荡，更不要说插花这些了。姚攀的到来让房间发生了变化，她买了花瓶，各种小小的挂饰，东西都是便宜东西，看着却充满了生活的气息。对余正言来说，以前家只是一个睡觉的地方，它不是生活。生活要有细节，具体才具有热度，一个盘子，一盏台灯，不同花纹的窗帘，都提供了新鲜感。余正言挑了一束紫色康乃馨，这是姚攀最喜欢的花，其次是葵花，她对玫瑰似乎有偏见，不太喜欢。店员帮余正言把花包好，递到余正言手里说，好久没看到你太太了。余正言笑了笑说，你还记得她。店员说，以前你们经常一起来，很少有男生陪女生买花的，自然记得住。余正言接过花说，谢谢。走出花店，热气散了一些。只要沿着这条路走七分钟，然后左拐再走十分钟，就到了小区门口，中间要经过三个红绿灯。余正言把花举起来，放到鼻子下，康乃馨独特的香味弥散过来，没一点庸俗的气息。

　　和余正言分开后，老谭没急着回家，他把车开回了单位。从吃饭的地方到单位几分钟的车程。这条路偏，老谭在这条路上来回了这么多年，从来没见警察查车。铁城人平时走这条路的也少，多数人宁可绕一下，也不愿意就近开过去，都知道这条路顶头是殡仪馆。等天一黑，路上一辆车也没有，只有路灯黄惨惨地亮着。喝了点酒，把车停单位，再打个车回去，这是常规选择。这个年龄，不允许出什么岔子了。停好车，老谭去了办公室，把下午的茶接着泡了一下，又点了根烟。他不担心余正言，那点酒，应该问题不大。他应该会去买一束花，然后慢慢走回去。这两年，余正言找老谭喝酒的次数比以前多，也经常到他办公室找他聊天。有次，看老谭写完挽联，余正言对老谭说，老谭，你写个"余正言"给我看看。老谭说，你开什么玩笑。余正言说，没别的意思，你写个看看。老谭写了，余正言看着老谭写的挽联说，"余正言"这三个字，你再练练，写得再好看些。老谭说，真到那天，好不好看又有什么关系。余正言说，那还是写好看些好。说完，又说，你写个"姚攀"。老谭说，老余，好了，我们去喝酒吧。余正言说，你写一个吧，说不定什么时候就用得上了。老谭叹了口气，还是写了。余正言把他的名字和姚攀的名字并到一起，看了一会儿说，摆在一起还挺好看的。你的字和姚攀一样，瘦，瘦一点好看。老谭有点心酸，说不出来，看着余正言，觉得他特别可怜。

　　回家的路上，老谭让司机兜了一下，经过余正言家附近的路口时，他让司机减速，往路口边的花坛看了一眼。一束紫色的康乃馨安静地躺在花丛之中，和周围那些细小的红黄色的花朵比起来，又大又醒目，像一个记号，又像一个标识。看到那束花，老谭又有点难过了。两年了，每次喝完酒，余正言都会买一束花，放在路口，像是一个仪式。等车过了路口，老谭靠在座椅上，心里默念，姚攀，要是没什么事，你就回来吧。他实在不想有一天真的写下"姚攀"两个字。如果还要送上一份祝福的话，他希望，余正言永远不要收到姚攀的信息，即使她永远不会回来。

仙鹤图

邵轻尘是个画家。

做画家之前，他是个大开发商，盖房子卖房子，用专业的话讲，叫房地产开发商。四年前，正是邵轻尘事业的顶峰，他开发的楼盘在铁城卖得火热，电视电台报纸到处都是他楼盘的广告。他上个厕所，连厕所的框架广告都是他们公司的。邵轻尘某次酒后对我们说，你想想那感觉，本来你想去唱个歌，轻松一下。好家伙，走到电梯边上，你那肥头大耳正在显示屏上晃呢。人家怪物一样看着你，你恨不得把头藏到裤裆里去。还唱歌，尿都尿不出来了。邵轻尘说这话时，正坐在一张红木茶台前，屋里点了沉香，窗外有竹，水珠一滴一滴地从屋檐滴到檐沟。他穿着麻白的袍子，斜襟，没有纽扣，细细的布条扎起来。脚下一双海青的布鞋，头是光头，下巴刮得干干净净，一片天灰。一架古琴架在三五米开外的长几上，古琴边有只鸟笼，里面养着画眉。画眉不叫，不跳，老僧入定一般。邵轻尘吸了口气说，还是这闲散日子好啊，自在，大自在。

退出公司前，没有任何征兆，邵轻尘把手一甩走了。公司上下手忙脚乱，问邵轻尘，老板，到底怎么个搞法嘛？你这一甩手走了，我们怎么办？邵轻尘说，你们想，该怎么办怎么办。忙乱了一阵，公司重新上了轨迹，邵轻尘也开始了他的新生活。搞房地产开发前，邵轻尘做的是建材生意，整天和一帮肚子遮住脚尖的胖子厮混。他也胖，可他见不得别人胖。在他看来，别人胖，那是毛病；他胖，是没办法。从建材转到房地产，邵轻尘得感谢一个人。这个人，邵轻尘只说是他的"恩人"，至于姓甚名谁，邵轻尘从不透露半个字。他不说，旁人也不好问。时间一长，房地产江湖有了传说，说邵轻尘有大背景、大靠山，那可不是一般的人物。有人说起，邵轻尘一笑，不解释，不否认。他退出江湖，据说和他的"恩人"有关，也只是猜测，没得到实证。还在江湖时，邵轻尘颇具江湖气，吃喝玩乐无一不精，花起钱来更是毫不手软。我和邵轻尘接触不多，点头之交。他生意做得大，又不在一个行业，联系自然少。少有的几次相聚，吃完饭喝酒，他总是给每人安排两个小姐，包夜的钱也提前付了，真是万丈红尘酒肉臭。

不做老板，江湖上邵轻尘的消息少了。再见到邵轻尘还是在酒局上，身边的人变了，由生意人变成了画家。邵轻尘瘦了一些，肚子遮不住脚尖了，他坐在谭斐边上。谭斐正说着什么，邵轻尘微微弯着腰，时不时点点头，恭恭敬敬的样子。我和谭斐打了个招呼，试探着叫了声，邵总？邵轻尘连忙说，不要叫邵总，不要叫邵总，我退出来一年了，闲人，闲人一个。谭斐问，你们认识？我说，认识，铁城还有哪个不认识邵老板。邵轻尘说，这样就不好了，我不是什么老板，你叫我轻尘好了。我愣了一下，轻尘？邵轻尘说，我改名字了，叫邵轻尘。你以后叫我老邵、邵轻尘、轻尘都行，就是不要叫我什么总，什么老板了，俗气，俗气。我倒了杯酒说，那好，轻尘，蛮好，蛮好。邵轻尘举起茶杯说，我敬马老师一杯，感谢，感谢。酒到酣处，邵轻尘依然拿着茶杯，清风自在的样子。我拉了谭斐一把说，老邵是不是脑子坏掉了？谭斐笑了起来说，脑子坏没坏掉我不关心，我只知道他现在跟我学画画。我说，不会吧？谭斐说，怎么不会，前些天还摆了拜师酒，规规矩矩的，请了一大帮圈内人。我说，就他这个土八路，还学画画，毛笔都没拿过吧？谭斐说，也说不定，有些东西看天分。我笑了笑说，你看他哪个毛孔有天分了？看钱吧。谭斐举起杯说，你这张嘴，刻薄，难怪都说你讨人嫌。一桌子人吵吵闹闹，喝得满面红光。邵轻尘微微点头，身体前倾，倒水，像个服务生。喝完酒，邵轻尘开车送人回家。这是事后谭斐告诉我的，我喝多了。谭斐指着我的鼻子说，老马，丢脸啊丢脸。你知道你喝成什么样子了吗？走都走不动，还是轻尘把你背上车的。背你上车倒也罢了，你还吐了人家一车，他妈的，我的鞋子都被你吐脏了，洗都去不了味儿，刚买的鞋子，千多块钱，活生生被你糟蹋了。我说，有这事儿？谭斐说，我还骗你，我什么时候冤枉过你？

　　谭斐说的，我信。我们认识快二十年了，彼此知根知底。他说我吐了，那估计吐得不轻。我是一点印象都没有了。人到中年，酒量越来越差。以前能喝一斤，现在能喝六两算是不错了。最糟糕的是动不动喝断片儿，干了点什么全部不记得了。谭斐描叙过一次我断片儿的场景。他说，你对着一姑娘讲法国革命史，那真是口吐莲花，旁征博引，幽默风趣，绘声绘色。姑娘被你逗得花枝乱颤，时不时往你身上靠。我问，后来呢？谭斐说，姑娘想和你去酒店，你说，我是一朵穿裤子的云。我大惊，不会吧？这不符合我的风格啊，她是不是长得很丑？谭斐说，丑什么啊，好看得很，到那会儿我才知道你喝高了。我不信。谭斐说，你看你手机，你们互相留了电话，那姑娘叫什么来着，好像什么娜吧，你找找看。我一翻手机，果然有。我这才确信，我是真的断片儿了。刚开始断片儿，还会怕，会觉得羞耻。断多了，脸皮厚了，也就无所谓了。我问谭斐，邵国富，哦，不是不是，邵轻尘真跟你学画画了？谭斐说，你以为我骗你，我什么时候骗过你？我说，那倒没有，我只是没想到。铁城最著名的画家谭斐一向以清高著称，他看不上眼的人，话都懒得说一句。邵轻尘一身铜臭，他做过的缺德事儿，铁城随便哪个人都能说上一两件，谭斐怎么会收邵轻尘做徒弟？再一想，明白了，没有比这更好的结合了。

　　再去谭斐画室，偶尔会碰到邵轻尘，他一次比一次瘦，干净又精神。我和谭斐坐在边上抽烟，喝茶，邵轻尘握着毛笔站在画案前。谭斐时不时起身到邵轻尘身边看看，说几句，画上一两笔。在铁城，我喜欢的去处不多，谭斐的画室算一个。他的画室在铁城公园边上，原来是公园的物业。后来，铁城搞文化名家工程，决定将铁城公园的空房子免费给艺术家使用，算是一举两得。一来显得政府重视文化，二来空房子变成了景观，对艺术家来说，当然也是好事情。谭斐来看过房子，觉得不错，写了个申请，拿了一套。装修是谭斐做的设计，简洁朴素，不落俗气。从谭斐画室的院子望过去是一个大湖，湖面尽头一片暗黑的山影，游船不多。近处有竹林，高大粗壮，谭斐说，出竹笋的季节，狗日的笋子一天怕是能长一米，看着吓人。室内高阔，画框和装裱好的画乱七八糟地堆了一堆，占据了主要空间，茶台和椅子放得横七竖八。我喜欢到谭斐画室玩儿，天南地北地一通闲扯，重要的是待着舒服，没什么拘束。

邵轻尘开始学画，我有些不以为然，以为不过是附庸风雅罢了。第一次看邵轻尘画画，我暗自摇了摇头，他连笔都不会拿，更谈不上什么水墨关系了。用行话说，他那不叫画画，涂抹的全是一团团的墨猪。为此，我还笑话过谭斐，说他想钱想疯了。谭斐倒是一副云淡风轻的样子，他说，老马，不急，等等。我问，你收了他多少钱？以前不见你收徒弟。谭斐说，钱不多，我愿意。如果讲钱，有教他的工夫，我画几幅不比这个划算？我一想，也是。过了大半年，有次等邵轻尘走了，谭斐叫我过去，指着邵轻尘的画问我，老马，你觉得怎样？我仔细看了看，笔墨还是幼稚，构图也简单。谭斐说，你不讲技术，谈直觉。我想了想说，有点特别，没什么匠气，自然。谭斐点了点头说，按传统的说法，他这个算文人画。你要讲技术，那没得谈，没十几年工夫搞不好。不说老邵，我也没这个精力教他。我看中老邵的是一股气，说起来有点玄，我知道他没读过什么书，也没什么文化修养。你看看他的眼睛，藏着一股气，这个气就是他画里的东西。你们写文章的讲我手写我口，老邵画的是他自己。听谭斐一说，再看，我说，用笔很野，有杀气。谭斐说，你别看老邵穿了袍子，剪了头发，搞得像个得道高人，他心里的气还是没平。我笑了起来说，你理解得还挺深的。谭斐把邵轻尘的画卷起来，扔进纸篓说，你别看老邵现在画得不像个样子，再给他两年时间，不说大地方，至少在铁城他能站得住脚。

还没到两年，邵轻尘开了画展，这在谭斐和我的意料之外。搞画展前，邵轻尘问谭斐，谭老师，我想搞一个画展，你看如何？谭斐想了想说，也好，是时候让大家看看你的画了。邵轻尘问谭斐，谭老师，你看在哪里搞好？谭斐说，要搞就搞好，要么不搞，铁城美术馆吧。邵轻尘说，那行，就铁城美术馆。说到铁城美术馆，名气远远大过铁城，专业地位是一个方面，更要紧的是铁城美术馆在公园里面，那里原来是个造船厂。造船厂废弃后，政府请了清华大学和同济大学的专家做设计，就地改造，这一改不得了，成了铁城的地标性建筑，据说拿了不少建筑业大奖，一时有些声名鹊起的意思。如果你是外地人，如果你到铁城，你的朋友十有八九会带你去那儿参观，给你讲各种牛逼史。铁城美术馆在公园里面，占了一块好位置，门前湖水芦苇，细叶榕和棕榈树浓荫茂密。不说看展览，看风景都是极佳的。铁城本地画家，想在铁城美术馆做个展览，特别不容易，几年才有一个。通常，铁城美术馆做的多是综合展，或者极牛逼的大师展。

展览开幕多是上午，邵轻尘的展览开幕安排在下午。门口摆满了花篮，怕是有上百个。参加开幕式的嘉宾来了两个副市长，三个省美协副主席，本地文联主席自然在列，谭斐作为老师当然不会缺席。开幕式无非是领导讲话，剪彩，装模作样地参观。文联主席在讲话中强调，邵轻尘作为近两年在铁城崛起的中青年画家，非常具有代表性，他的画代表了自由风格，有种天人合一的境界。谭斐听了，微微笑，微微点头，鼓掌的声音不大也不小，分寸感控制得恰如其分。邵轻尘的画多是大画，水墨酣畅淋漓，这还真不是吹牛逼。如果你看过高行健的画，我想你会赞同我的观点。没错，就是得了诺贝尔奖的高行健，他也画画。邵轻尘的画和高行健的画在风格上有些类似，染出来的水墨，间或勾点几笔。用谭斐的话说，邵轻尘的画放得开，有股霸气，不能单纯从技术上苛求他。

等开幕式完了，邵轻尘留大家吃饭。他说，之所以选在下午开幕，为的就是搞完了好一起喝酒。一帮人安排好位置坐下，邵轻尘站起来说，我快两年没喝酒了，今天我喝，大家也放开来喝。这里没什么领导，都是朋友，都是兄弟。一伙人笑。邵轻尘说，今天高兴，谢谢大家给我这个不入流的捧场。说完，邵轻尘拿了个洋酒杯，倒了满满一杯洋酒说，我先喝一杯，表示感谢。他一仰头喝了，又倒了一满杯说，这杯我敬大家。众人纷纷举杯。喝完，邵轻尘又倒了一满杯，走到谭斐面前说，这杯我敬谭老师，教我这个不成器的学生，为难他了。谭斐拿起杯子和邵轻尘碰了碰说，老邵，慢点来，慢点来，你这个喝法，菜还没上你就醉了。邵轻尘说，谭老师，没事，这个心意我一定要到。谭斐喝了一口，邵轻尘喝完，脸红了，手有点抖。谭斐拉开椅子说，你先坐下。邵轻尘把手搭在谭斐肩膀上说，谭老师，感谢，你让我圆了一个梦。谭斐说，这是你的造化，当老师的不过领个路。

一帮人喝得东倒西歪，桌上地上，酒瓶子摆了一堆。本以为喝完散场，邵轻尘不依，他说，我在楼上订了房间，唱歌去，唱歌去，难得高兴，难得大家碰到一起。邵轻尘这话不假，铁城美术界的大腕儿几乎全齐了，平时开会都来不了这么齐。有人说，老邵，算了，都累了，还唱个什么歌，都早点回去休息。邵轻尘往日的匪气露出来了，他说，那不行，在艺术界我是晚辈，但今天是我展览，这个面子你们要给我，都上去坐坐，一个都不能走，有惊喜。他这么一说，再不去不合适了。一行人转场去了楼上，一进门，都吓了一跳，桌子上摆满了洋酒红酒啤酒，这都不算个事儿，闪眼的是沙发上坐了二十几个各色姑娘，漂亮得不像人间。邵轻尘笑了起来说，大家随便坐，不客气，不客气。谭斐对邵轻尘说，老邵，你这是干吗？邵轻尘嘻嘻哈哈地说，我哥们儿在深圳搞模特经纪，我让他发了一批过来，这不是高兴吗。邵轻尘凑到谭斐耳朵边上说，谭老师，你看上谁，直接带走，房间我都开好了。说完，塞了一张房卡给谭斐。三分钟后，场面热闹起来，姑娘是最好的催化剂，一帮中老年人很快进入了癫狂状态，搂着姑娘大呼小叫，手手脚脚忙不过来。

邵轻尘挨个儿敬酒，发房卡。发完房卡，邵轻尘挤到谭斐边上问，谭老师，你说，我现在算个画家了吗？谭斐说，当然，你要是不算画家，那铁城有几个画家？邵轻尘说，谭老师，你这么说，我高兴，我们喝一杯。喝完酒，邵轻尘站了起来，走到点歌台边上，和公主说了几句。等歌唱完，音乐声停了下来，邵轻尘拿起话筒说，各位老师，我有句话想问大家，也不知道合适不合适。一帮人鼓掌，拿着酒杯冲邵轻尘叫喊，合适，合适，问嘛。邵轻尘表情突然严肃起来，房间的喧闹声低了些。邵轻尘拿着话筒问，各位老师，你们说，我能算个画家吗？算，当然算，邵大师不是画家哪个是画家？杂乱的一片叫声。邵轻尘示意公主给他拿杯酒，他举起酒杯说，感谢各位老师，我终于是个画家了。喝完酒，邵轻尘啪的一声跪到地上，放声大哭起来。众人吓了一跳，谭斐赶紧跑过去把邵轻尘拉起来说，老邵，你没事吧？邵轻尘擦了把眼泪说，没事，没事，我躺一会儿。谭斐叫了两个姑娘过来说，你们看着老邵。过了半个小时，邵轻尘坐了起来，他像是新生了一样，眼睛里闪着干净的光。

再碰到邵轻尘，还是在谭斐的画室。我去的时候，谭斐和邵轻尘正在喝茶。见我过来，谭斐说，老马，你来得正好，老邵有点事情想和大家商量一下。重新冲了泡茶，谭斐对邵轻尘说，你把刚才的事儿再说说。邵轻尘有点不好意思一样说，马老师，是这样，我想搞个地方，方便大家以后一起聚聚。我说，挺好啊。邵轻尘说，以前，我觉得不好意思，一个粗人，搞这个显得特别做作。现在，邵轻尘居然扭捏了下说，我也算是个画家了，厚着脸皮搞一个，也不怕大家笑话了。我说，哪里的话，你搞个地方是给大伙儿谋福利啊，怎么会笑话你。谭斐给邵轻尘倒了杯茶说，我说了吧，想搞就搞，哪个会笑话你。邵轻尘喝了口茶说，那好，既然谭老师和马老师都支持，那我就搞。谭斐问了句，有目标没有？邵轻尘说，目标倒是有，还没谈下来，要不下午我们一起去看看？谭斐看了我一眼，我说，行啊，反正我下午也没什么事儿。

吃过午饭，邵轻尘开车带我们出了城区。去的路上，邵轻尘对我们说，地方我去看过，真是很不错的，你们应该也会喜欢。谭斐问，在哪儿呢？邵轻尘说，不远，左埠村，你应该知道的。谭斐"哦"了一声说，那儿，我知道。在铁城，不知道左埠村，那就太没有文化了。不说别的，中国现代文化史上好几个赫赫有名的大牛都出自左埠村，画家、作家、诗人、电影演员，应有尽有。邵轻尘说，你们知道左埠村出艺术家，不知道左埠村还出将军吧？我应了声说，这个还真不知道。邵轻尘说，我们要去的地方和将军还有点关系。谭斐说，怎么讲？邵轻尘说，房子是将军的祖业，他人在北京，想把房子卖了，挑人。我说，这倒有意思了。邵轻尘说，人家将军，不缺钱，怕人把他祖业糟蹋了。老人家上过战场，据说身上还有几块弹片，牛逼得很。谭斐脸上阴了一下。

到了地方，下车一看，真好。到底是将军祖业，气势磅礴，高墙大院，青瓦覆宇，白垩敷壁，典型的徽派建筑，门前还有一条小河，河水难得的清澈。邵轻尘站在门外说，谭老师，你觉得怎样？谭斐点了根烟说，好地方。邵轻尘说，你到里面看看，里面更好。说完，邵轻尘打了个电话。放下电话，邵轻尘说，一会儿房东过来，说是房东，其实是替将军看房子的，族亲。远处青山如墨，连风都是凉爽的。老村落，村子住的人少，都往城区去了，剩下的多是老人和妇女，时不时一两声狗叫。我们三个在屋子边的水杉林抽了根烟，有人走了过来。邵轻尘掐灭烟头说，房东来了。开了门，迎面一个大院，种了鸡蛋花，正是开花的季节，粉白的开了一树，香味带着淡甜。鸡蛋花树下，做了流水，养了肥硕的锦鲤。邵轻尘说，这个院子真是舒服，再摆一张茶台，过的神仙日子。穿过院子，里面的房间不大，可能是没人住的原因，隐约有点霉味。过道的墙上长了暗褐色的青苔，墙根的草绿得清爽。

看过房子，邵轻尘问，谭老师，你觉得怎样？谭斐点点头说，好地方。拿钥匙的人说，祖辈的产业，做得精细，能不好吗？邵轻尘说，阮先生，这个房子我是真想要，麻烦你和将军说声，价格好说。阮先生说，我伯父你知道的，他不是想卖个好价钱，老人家一辈子出生入死，把钱看得淡。儿女都在国外，家里剩下的就这个祖业，他怕人把房子糟蹋了。邵轻尘说，你让将军放心，我会好好看着房子。我们都是文化人，想把这个地方搞成雅集的地方，诗酒唱和，琴棋书画。左埠村原本就有文气，现在虽然不比以前，这点文气我们更要守住。阮先生扫了邵轻尘一眼说，邵先生，不是我不放心，你以前做房地产开发，我有点怕。万一出点事情，我和我伯父不好交代，要是把老人家气死了，我负不起这个责。邵轻尘连忙说，不会，不会，我早就金盆洗手了，我现在是个画家。说完，指着谭斐说，你看，谭斐谭老师，大画家，你应该听过他名字吧。阮先生点点头说，谭老师的大名我是听说过的，只是没见过面。邵轻尘又指了指我说，马拉马老师，大文人。阮先生说，幸会幸会。邵轻尘说，我们都是文人，搞不坏事情，麻烦阮先生转告将军，我是真心实意想要这个房子,铁城也需要一个文人雅集的地方,找遍铁城,没哪个地方比这里合适。阮先生捏了下钥匙说,这样吧,我和伯父讲讲,看他的意思。邵轻尘连忙说,那让阮先生费心了。

回城的路上,谭斐问邵轻尘,老邵,你盯这个房子多久了?邵轻尘说,不瞒谭老师,那还真有些时日了。你知道我没什么文化,一直仰慕文化人,搞这个地方,也是我一个心愿。谭斐说,就这么简单?邵轻尘说,谭老师,我知道你想说什么,但你真想错了。我要是想拿个房子,不难,犯不着使那么大的劲儿。回到谭斐画室,喝了几杯茶,邵轻尘走了。谭斐说,老马,我们两个今天被老邵当枪使了。我笑了起来说,能被人当枪使,说明还有点利用价值。用什么手段我们且不说,要是真按老邵说的搞,也是好事。谭斐说,就怕不是。我说,凡事往好的方面想吧,将军的房子,我相信老邵也不会乱来,他不怕老爷子一生气,掏把枪把他给崩了?谭斐说,也只能这么想了。说完,站起来说,老马,我最近画了些画,感觉和以前比,有些变化,心里没底,你帮我看看。我说,我哪里懂。谭斐说,谈谈感觉,画了一辈子,有时候感觉迟钝,站在旁边的可能看得更清楚。

接下来两个月,因为忙,我去谭斐画室少了。偶尔去,也是聊几句闲天。谭斐打电话给我,约我到他画室,我还以为有什么事。问他，他说，你先到我画室，来了再说。到了谭斐画室，邵轻尘也在，他正站在画案前画画，谭斐在抽烟。见我到了，谭斐掐掉烟说，老邵的地方搞好了，约我们过去看看。谭斐一说，我想起来了，连忙对邵轻尘说，恭喜恭喜。邵轻尘放下笔说，为了这事情，我特意去了趟北京，跟老将军详细汇报了我的计划。老将军也是爽快人，听完我的计划，老人家激动不已，他说，他一直留着房子，就是等人来做文化，还给我提了字。我说，心愿达成，好啊。邵轻尘说，房子我稍稍装修了一下，想请两位老师过去指导指导，提提意见。我看了谭斐一眼，谭斐眼光挪到别处。他喊我来，大概是想我替他拒绝的意思。看他这态度，我倒是有兴趣了，扭过头对邵轻尘说，好啊。老谭，一起去呗。谭斐无可奈何地说，去嘛，那就去嘛。

　　去到左埠村，进了将军府。老旧的房子装修过了，邵轻尘毕竟还是搞房地产出身，懂行。老房子重新装修，要是刷得簇新簇新，那就难看了，做得好的讲究个做旧如旧。房子还是老房子的格局，如果不仔细看，甚至看不出装修的痕迹，连摆的家具，也是做旧的仿古家具。邵轻尘说，最次的也是鸡翅木，结实得很。谭斐的脸色缓和了些。邵轻尘脸上隐隐有得色，他说，谭老师，马老师，你们提提意见，我及时改进。谭斐说，挺好的，挺好的，我还怕你糟蹋了房子，看来是我多心了。我说，房子搞得不错，缺了点活气。邵轻尘问，马老师怎么讲？我嘴巴一大说，这个地方隐逸清净，要是养两只孔雀，那就好玩了，静中带动，意境全出。我一说完，谭斐连连摇头说，马拉，不是我说你，你这一张嘴，满嘴的俗气，还养两只孔雀呢，你怎么不养凤凰呢？邵轻尘也笑了说，我倒是看过电影里养鸵鸟的，妈的，鸵鸟还他妈跑出来了。我说，至少摆个古琴，高山流水，再点上沉香，那一个仙气，舒服。谭斐揶揄道，要不要再曲水流觞一下？我说，也不是不可以。邵轻尘说，两位老师讲笑了，我搞这个地方，确实是想静下心来。红尘打滚几十年，我累了也烦了，这个地方清静，我后半生怕是要交代在这儿了。我说，那挺好啊，我也想。我记得林和靖先生是梅妻鹤子，你这儿虽然没有梅花，有鸡蛋花嘛，都是高雅的花种。院子里再种点荷花，那就完美了。邵轻尘说，荷花倒是可以，我想想。我说，再养两只仙鹤，那真是天上人间了。谭斐说，马拉，你还真会作，不是你的事儿，说着特别轻巧，是吧？邵轻尘说，这也不是不行。谭斐说，你别听他瞎扯。我笑了起来说，要不你请谭老师给你画个仙鹤图也行，仙鹤梅花，那也是林和靖先生的境界了。我一说完，邵轻尘说，马老师，你这一说，我还真想起来了，这个地方要是没有谭老师的画，那始终还是缺了点什么。谭斐说，老邵，你别跟着老马起哄。邵轻尘说，谭老师，我是真心想请你幅画儿。马老师刚才说画幅仙鹤图，也合这儿的气场。谭斐哭笑不得地说，老马，我就不该叫你来。

　　大约又过了两三个月，邵轻尘打电话给我说，马老师，左埠村的房子搞好了，想约大家一起聚下，你看你明天有没有空，下午四点，我们一起过去。我问，老谭呢？邵轻尘说，谭老师也一起，我和他讲过了。本来想给老师们发请帖，想了想太夸张了，就打个电话邀约下，不是不敬，还请马老师理解。我说，都是自己人，不客气。邵轻尘说，我还请了将军回来，让他看看，放心些。我说，好，好，明天见。挂掉电话，我给谭斐打了个电话问，明天怎么过去？谭斐说，找个人开车吧，难免要喝酒。我说，好。

　　和谭斐刚走进院子，邵轻尘迎了出来，远远伸出手说，欢迎两位老师，到里面坐，将军三点多就到了。老人家上午的飞机，这会儿才到，行李刚放稳。我们往里面走了几步，才走过门廊，突然传来"嗯啊嗯啊啊"几声陌生的鸟叫。我吓了一跳，什么鬼？邵轻尘笑了起来说，一会儿就知道了。迎面的客厅里挂了一幅仙鹤图，一看落款，谭斐的。我指着画对谭斐说，谭老师，画得好啊，这鹤都要飞起来了。谭斐瞪了我一眼。邵轻尘说，为了让谭老师画这幅仙鹤图，我可花了不少心思，软磨硬泡，酒都喝了好几斤。我笑笑说，值，有谭老师的画镇宅，百毒不侵。将军坐在里屋，一头银发，精神矍铄，手里拿着根竹制的手杖，脸颊红润饱满，鹤发童颜说的大概就是这个样子。等我们进了屋，邵轻尘向将军介绍道，这是谭斐谭老师，著名画家，外面的仙鹤图就是出自谭老师的手笔。将军点了点头，伸出手说，画得好，画得好，铁城艺术后继有人。邵轻尘又说，这是马拉，小说家，出了好几本书。将军把手伸过来说，好，好，年轻有为，后生可畏，我们是老了。邵轻尘说，将军哪里老，要是再打一次仗，您还能上。将军摆摆手说，老了老了，好汉不提当年勇。

晚上的饭局充满仙气，邵轻尘专门请了厨师，菜做得素雅可口，酒是绍兴黄酒。酒席旁边，坐了一个穿着汉服的姑娘，她在弹琴。墙角的位置摆了青铜朱雀香薰，烧的想来是伽南香。将军兴致很高，喝了好几杯黄酒，他说，本来不能喝酒了，今天高兴，破例喝几杯。将军满怀深情地看着房子说，祖辈的产业，到了我手上，我回不来，孩子们也都在国外，真是怕糟蹋了。现在放心了，有轻尘这样有心的青年才俊打理，也算是对得起先人了。邵轻尘连忙说，还要感谢将军支持，我代表铁城的文化人敬您一杯。将军笑眯眯地抿了一口，邵轻尘喝完了杯中酒。正喝着，外面又传来几声"嗯啊嗯啊啊"的叫声，我皱了一下眉头说，老邵，这是什么鬼，老是叫叫叫的。邵轻尘说，你去院子里看看。将军笑了起来说，轻尘这文人气，还是太重了。来，来，大家一起到外面看看。将军站起身，其他人跟随着将军起身。将军走在前面，像是带着一支部队。天还没有黑，院子里通透明亮。站在屋檐下，我看到两只白鹤，它们在那里悠闲地踱步，白色的羽毛，细长的腿，翅膀和头部的黑色光洁如漆。我一下子愣在了那里，他还真养了两只鹤啊。将军看着两只鹤说，有了这两只鹤，整个院子有了一股仙气，让我想起了梅妻鹤子的典故。我这一生，是做不了超脱人了。邵轻尘说，将军太谦虚了，您现在是活成老神仙了。一群人看着鹤感叹，说邵轻尘把事情做绝了。正说得热闹，只见一只鹤突然定住，稀里哗啦拉了一泡屎，又若无其事地走开，展了展翅膀，想飞的样子，很快又收了起来。

看完鹤，回到屋里继续喝酒。那天，我喝多了，好像吐了两回。晚上和谭斐一起睡的，他的呼噜声一声比一声大，声震屋瓦。我在凌晨醒来，外面蒙蒙亮，天地间像是涂了一层灰。绍兴黄酒，醉得快，醒得也快，我口干舌燥，想喝水。好不容易找到杯子，我倒了杯水。喝完水，整个人舒服了些。我走到院子里，鹤不知道到哪儿去了。想起昨天晚上的情景，有点像做梦。白鹤，古琴，汉服，伽南香，黄酒，这太古典了。想到院子外的万丈红尘，感觉非常不真实，甚至有种突兀的荒谬感，我们到底在干什么，干什么呢。谭斐醒来后，揉了揉脑袋说，这他妈的黄酒，一不小心就喝大了。我问谭斐，你那仙鹤图拿了不少润笔吧？谭斐说，还行吧，要是别人，我就不画了，说到底还有个师生名分，也不好拒绝。我说，也没必要拒绝，画什么不是画。谭斐笑了起来说，你在这儿谈这个，不觉得有点不搭调？我也笑了起来说，也是。谭斐说，你啊，真是把老邵给坑了。我说，我怎么坑他了？谭斐说，养个狗屎的白鹤，装逼装过了。你是不知道，为了找这对白鹤，他花了不少心思。鹤多得很，形体好看的不多。你昨天看仔细没？这对鹤长得真是有仙气，灵性。我跟他说，不要养鹤了，他不听，非得养。不是说鹤不好，养这玩意儿麻烦。我跟你打赌，这鹤养不长。我说，不见得吧。谭斐说，你等着看嘛。

　　和谭斐再去左埠村，是半年后的事情了。邵轻尘还是很够意思的，他给我和谭斐配了钥匙，说我们随时可以去，吃吃喝喝直接吩咐小廖就可以了，平时都是小廖在打理。尽管如此，我们还是很少打扰，毕竟主人不在，我们过去总显得有些别扭。那天碰巧邵轻尘也在，他在画画，画室里点着沉香，他穿着宽松的袍子，一派道骨仙风的样子。我在院子里转了半天，荷花开了，结了莲蓬，院子里干干净净。绕了一圈儿，我回到画室问邵轻尘，老邵，鹤呢，怎么没看到鹤？邵轻尘摆摆手说，不说了，不说了。我说，怎么不见鹤了，也没听到它叫。邵轻尘面上有些尴尬。我出了画室，到处找白鹤，想看看它们是不是长大了些。上次看它们，还有点小。在厨房后面碰到小廖，我问小廖，小廖，鹤呢？怎么不见了。小廖笑了起来说，你还问鹤啊，没啦。我说，怎么回事？小廖一脸嫌弃地说，你是不知道那玩意儿，看着好看，真他妈脏啊。每天吃鱼虾倒是小事，到处拉屎，臭得要死，一天洗几回地还去不了那味儿。我说，你别扯其他的，鹤呢？小廖说，我是不想伺候它们，没了好。我有点着急地说，你别绕来绕去，就问你鹤哪儿去了。小廖说，吃了。我大惊说，我操，不会吧？小廖说，怎么不会，就上个礼拜，我亲手杀的。小廖说，前些天邵总来了几个朋友，从中午喝到晚上，喝大了。也是奇怪，那天鹤叫得特别厉害，吵得人静不下来。他一个朋友开玩笑说，这鹤叫得烦人，要不杀了吃了？我还不知道鹤是个什么味儿呢。邵总不说话，笑眯眯的。我早就想把鹤给杀了，就问邵总能不能杀。邵总看都没看我一眼，继续喝他的酒。我知道他意思，他也嫌鹤拉屎拉得臭烘烘的，叫起来烦人，以前他抱怨过几次。我干脆把两只一起杀了，看起来那么大个家伙，身上没多少肉。马老师，我跟你说，鹤肉不好吃，又干又柴，还腥，还不如夜鹭。小廖还在絮絮叨叨，我转过身走了。

回到画室，邵轻尘正和谭斐聊天，他们聊到了王羲之和徐青藤。室内弥漫着沉香好闻的味道，微风如手，亲切动人。画眉鸟在笼子里轻快地跳跃，间或一两声清脆的鸣叫。画案上摆着邵轻尘刚画完的画，他画的是梅花仙鹤图，他的梅花点得机俏润泽，有冰片般的质感，仙鹤潇洒独立，风采凛然。谭斐说，有点儿味道了。我坐下来，喝了杯茶问邵轻尘，你外面挂的仙鹤图卖不卖？邵轻尘连连摆手说，谭老师的作品，这等雅物，怎么能卖？

荡寇志

　　白三猿和邝慕云是师兄弟，都从中国美术学院毕业。白三猿瘦，双手长垂，腰身柔细，看起来确有些猿的样子。邝慕云原本也不胖，算得上结实，胖是后来的事情。同在西子湖畔四年，又都在铁城，一经认识，两人很快熟络起来，走动也多了。白三猿运气好，一毕业进了铁城市文化艺术创作室，从事专业创作。前几年，他画得杂，什么热闹画什么，没见动静。后来，听了高人指点，专门画猿。十年下来，名声慢慢传了出去。他画上多是三只猿，一大两小，加上他姓白，江湖上给了个称号"白三猿"。刚开始听着不习惯，听多了，也默认了，还印在了名片上，他的大名反倒没人叫了。和邝慕云认识是在成名之后。

　　第一次见面在邝慕云办公室。走进邝慕云办公室，纵是白三猿见过些世面，还是有些吃惊。邝慕云做电器，在铁城名气说大不大，说小不小，中等偏上。来找邝慕云不是白三猿的主意，主任要他来的。创作室搞活动，要钱，这个钱政府不出，创作室有钱也不能花，师出无名，只能去找赞助。主任对白三猿说，三猿，你陪我出去一下。白三猿问，干吗？主任说，找赞助。一听这话，白三猿本能地不想去，眉头也皱了起来。见白三猿的样子，主任说，怎么，不想去？白三猿说，我去有什么用，不过多一个站桩的。他不想去。成名之后，白三猿参加过不少次类似活动，几乎每次饭前或饭后，总有人在画案上铺开纸来，软硬兼施地逼白三猿作画。人摆在台面上，不画不行。画吧，到底心里不情愿。白三猿想了个办法，不带印章，后来发现也没什么用。他不带印章，人家说，按个手印也行。还拉着一起合影。这感觉更不好了，盖印章还像个画画的，按手印像是卖身。主任要他一起去找邝慕云，他猜主任是想他给人画画。主任搞戏剧的，人滑稽，戏毕竟不好用，不像画，好坏有个东西在那儿。见白三猿的样子，主任说，不要你画画，看你给小气的。话说到这个分上，白三猿再拒绝就不好意思了。毕竟当年主任收留了他，给了他编制，也不用打卡上班，每个礼拜到单位喝几次茶，这事儿算完。这待遇，独此一份。

到了邝慕云办公室，白三猿看到一张画案，再看看四周，挂了不少字画，品位不俗。他细细看过，都是名家墨迹，说得上精品。再看邝慕云，白三猿印象好了些。主任和邝慕云三句两句谈完赞助，坐着喝茶闲聊。等白三猿看完字画，主任问，三猿，邝总这些字画怎样？白三猿说，好东西。主任笑起来说，当然是好东西，邝总那是专业出身。白三猿说，看得出来。主任说，你猜邝总学什么出身的？白三猿说，这怎么猜得出来。主任说，那你猜，今天为什么我非要叫你出来？白三猿说，谁晓得你的心思。主任喝了口茶说，算起来邝总应该是你师兄。白三猿有些意外，邝总也是中国美院毕业的？邝慕云给白三猿倒了杯茶说，毕业后也搞了几年创作，不成气候，干脆转行做起了生意。白老师的大名我是早早听说了，有这么杰出的校友，我说起来脸上也有光。白三猿连忙说，师兄说笑了，向师兄学习。敲定赞助，邝慕云留二人吃饭，还邀请了三个校友。饭吃得热闹，酒也够了量。一桌人围着白三猿，都称他"大师"。那天晚上，白三猿喝多了，邝慕云送他回的家。有了这次，邝慕云再约他，他欣然前往。在邝慕云办公室写字画画，也成了再自然不过的事情。

　　平时没事，白三猿喜欢爬山。几乎每个周末，他都去爬烟墩山。烟墩山在铁城北部，不高，矮矮的一座。山不高，山路却长，弯弯折折，一条条分岔。站到山顶上，能望见一条江绕着烟墩山流过去，再往远处便是入海口，江水注入伶仃洋。烟墩山上种的多是松树，都是多年的老树了，树身上缠着藤条，叶子圆圆细细，也有修长如眉的。满山的松树，偶尔还能看到一丛丛美人蕉，让烟墩山看起来和铁城其他地方不同。铁城满大街的榕树、棕榈树、杧果树，公园里还种了荔枝、大王椰，一派蓬勃的南方景致。白三猿喜欢到烟墩山散步，他懒，平时出门也少，偶尔爬个山，算是做了运动。铁城山虽不高，却也不少，市民多去田心公园，要么去大尖山。他不去，去那些地方，那是真的爬山了，满头满脸的汗，大口地喘着粗气，裤裆里面湿淋淋的一团。白三猿散步当休闲，想走走几步，不想走了，到路边随便找个地方坐下，抽一根烟，看看满目的苍翠。每次爬到山顶，白三猿忍不住眺望下伶仃洋。碰到天气好，能看到白茫茫的一团。要是天气不好，远处灰蒙蒙一片，也不知道是些什么东西。下山，白三猿不急着回去，他要去西山寺。西山寺在半山腰，原本是颇有些规模的，如今小了，大约只有十来位僧人。白三猿来西山寺多次，来来往往看到的都是那几张脸。他问过西山寺住持，寺里到底有多少师傅？住持一笑，你看到的就是全部了。白三猿说，那人有点少。住持说，也不少了，毕竟比不得往日。从烟墩山走进西山寺，顿时阴凉下来。说来也是奇怪，寺在山上，按说温度不会有什么差别，可白三猿确实感觉到凉了，心里也安静了。住持俗姓赵，叫什么名字白三猿没有问过。他知道佛家有三不问，不问寿，不问俗，不问修。住持姓赵，还是他自己说的。白三猿叫住持"先生"，不像别人叫"净尘法师"。叫净尘法师"先生"，白三猿征求过净尘法师的意见，他问，法师，我可不可以叫你"先生"？净尘法师说，你喜欢叫什么叫什么，名字不过是个代号，无须在意。白三猿说，那好，以后我就叫你"先生"。

　　进了西山寺，白三猿给净尘法师打了个电话。净尘法师说，你来吧。进了净尘法师的禅房，白三猿随意坐了下来。净尘法师泡了茶说，又来爬山？白三猿说，每周一次，不多不少。净尘法师说，你这倒是挺有规律。白三猿说，主要还是想来看看先生，每周不到你这里坐会儿，我整个人都感觉不对了。净尘法师给白三猿倒了杯茶说，看来我这儿倒是个疗养的好地方了。白三猿说，整个铁城，没什么地方比先生这儿更好的了。净尘法师笑道，既然这么好，你过来和我同住。白三猿也笑了，我这红尘万丈的，怕玷污了先生的好地方。喝了杯茶，白三猿站起身，走到书案前，书案上放着净尘法师刚写完的字。白三猿看了几眼，净尘法师问，你看这字如何？白三猿说，先生好字，在铁城见不到先生这么好的字。净尘法师吹了吹茶末说，你倒是会说话，我的字如何，我看不出好坏，也不在意。白三猿说，先生有这境界，我们这些俗人不行，时时都有比较心。看完净

尘法师的字，白三猿坐下来继续喝茶。净尘法师说，前几天，
邝慕云来过了。白三猿说，他来做什么？净尘法师说，他来得
不比你少。白三猿说，那个大俗人，我提都不想提他，先生倒
是广结善缘。净尘法师说，你这是在讽刺我？白三猿说，先生
想多了，你看我这嘴，也是没个谱。净尘法师说，你们两个的
那点儿事，我听好些人讲了，也是有趣得很。白三猿说，先生
听起来觉得有趣，我是觉得恶心。净尘法师指了指白三猿说，
你啊，有些事还是太当真了。中午不回了吧？在我这儿随便吃
点儿。白三猿说，那谢谢先生了。

　　和邝慕云认识后，白三猿隔三岔五和他一起吃饭喝酒，都
是同门师兄弟，都在西子湖边待过，两个人有共同话题。除开
同门之谊，白三猿愿意和邝慕云一起玩还有两个原因。邝慕云
专业出身，他懂画，看白三猿的画，他能说到点子上。不像有
些人，原本表扬的话，听起来像是骂人，明明那一笔落得欠妥
当，偏把那一笔吹成神来之笔。再且，邝慕云买画，真金白银
的买。铁城是个小城市，这些年虽然发展得不错，在外也有些
名声，观念上还相当落后。白三猿在铁城十几年，没卖过几幅
画，他的画都是外地人买。都知道白三猿名气大，看到也尊敬，
真让本地人掏钱，又觉得不划算。你这随随便便涂几笔，就要
好几万，凭什么？他们还是想着混画，想着请吃个饭，喝个酒，

顶多再送两饼茶叶，怎么也该送幅画吧。白三猿吃过亏。吃亏多了，心里难免愤愤不平，操他妈的，开餐馆的不见你白吃，开厂的不见白送你冰箱洗衣机，你认为天经地义。怎么一到搞书画的，不送反倒像欠了你的？画画不说是艺术，怎么也是门手艺，哪有这么看轻手艺的。白三猿讨厌混画的，也知道有些人为什么捧着他，心思不单纯。邝慕云倒好，喝过几次酒，直接问白三猿，三猿，你的画怎么卖？我想收藏几幅，以前一直没机会，这会儿好开口了。白三猿说，那怎么好意思？话一说出口，白三猿后悔了，他生怕邝慕云说，那你送我。邝慕云要真这么说了，他也不好意思拒绝，毕竟自己话都说出口了。邝慕云说，那有什么不好意思的，都是凭手艺吃饭，你开个价。白三猿想了想说，那我也不客气了，这样吧，凑个好数字，一平尺八千。这个价，白三猿打了折，他的画市价一万二一平尺。邝慕云说，好，就八千，我买三幅。白三猿说，哪天有空，你到我画室挑，喜欢哪幅挑哪幅。邝慕云说，我就不挑了，你选三幅好的，我相信你。邝慕云大方，白三猿反倒不好意思了，认认真真选了三幅给邝慕云送去，还送了一幅斗方草虫。一看到画，邝慕云竖起大拇指说，大师，绝对是大师之作。算完三幅画的钱，邝慕云指着斗方草虫问，这个多少？白三猿说，这个送给师兄。邝慕云说，那怎么行，一码归一码，我不能占你便宜。白三猿说,师兄,你就不要折损我了,我还要在铁城混的。两人互相推辞了一番,邝慕云收了画,给白三猿转了钱。白三猿舒服,他卖画这么多年,从没卖得这么舒服过。

用过素斋,白三猿和净尘法师对坐喝茶。净尘法师想和白三猿聊聊邝慕云,白三猿摆摆手说,先生,这么好的地方,能不能不说他?净尘法师说,他就这么让你讨厌?白三猿说,这不是讨不讨厌的问题,他做事的行径我接受不了。净尘法师说,那你给我说说他做了什么。白三猿说,他做了什么我想先生应该是知道的。净尘法师倒了茶叶说,这泡味道淡了,换一泡新的。白三猿笑了起来,一说到正事,先生话风转得倒是蛮快。净尘法师洗了洗杯子,装上茶叶,洗了茶说,今年刚上的新茶,西湖龙井,你尝尝。白三猿端起茶杯喝了一小口,要说邝慕云,也没什么大毛病,太现实太势利了,我不喜欢。净尘法师说,你说的是他卖画的事情?白三猿说,那还能是什么事情,我和他交往也不复杂。净尘法师说,如果是我,我说不定也这么干了。白三猿说,先生不会,你不是那种人。净尘法师说,你从哪里看出来我不是那种人?白三猿说,感觉。净尘法师说,你以前看邝慕云也不是那种人。白三猿说,那是我眼瞎。净尘法师说,三猿,这个事情上,我倒觉得是你太计较了,艺术家气质太重,这也不好。

　　邝慕云前前后后在白三猿那里买了十几幅画，到底多少幅，白三猿没计数。平日里，他是个大大咧咧的人。他在艺术创作室上班，这几年职称也上去了，靠着这份工资，生活还过得去。卖画算是额外的，虽说占比越来越大，白三猿也没太放在心上。他不缺钱。卖画给邝慕云，在白三猿看来，主要是因为邝慕云懂画，又是同门。真要冲着钱去，他留着慢慢卖，多赚不少。白三猿和邝慕云翻脸，是因为他发现邝慕云把他的画拿去卖了。如果单纯卖，白三猿也能接受，这几年艺术品市场红火，买画当投资的不在少数。邝慕云卖得贵，比买价翻了近三倍。听到这个消息，白三猿心里不舒服，钱是一方面，更重要的是白三猿觉得邝慕云这事办得不厚道，打友情牌低价拿画，高价卖出，怎么说都有点欺骗的意思。说得严重点儿，简直是拿白三猿开涮。更让白三猿不齿的是邝慕云卖了二十多幅，这里面肯定有假。不光卖画，还造假，白三猿接受不了。净尘法师问，那假画画得怎样？你客观评价一下。白三猿说，先生，你这是什么意思？净尘法师说，没什么意思，八卦一下。白三猿喝了口茶说，画是画得不错，毕竟是假画。净尘法师说，和你的比怎样？白三猿说，先生，你这话我就不爱听了，即使画得比我好，那又怎样，那就能造假了？净尘法师说，三猿，你误会了，我不是这个意思。白三猿说，他这么做，不光是人品有问题，还有些欺负我的意思，换谁都受不了这个。净尘法师说，这事情做得恶劣了。白三猿说，先生，你不是替他说情的吧？净尘法师说，他倒是给我说过，让我跟你说声抱歉。白三猿"哼"了一声，他还有脸说抱歉。净尘法师说，人嘛，做错了事情，心里总有些过意不去。白三猿说，那也不能这么轻巧就过去了。净尘法师问，你知道那些假画是谁画的吗？白三猿说，谁知道他找的谁。净尘法师说，邝慕云。净尘法师说完，白三猿拿着茶杯的手一怔，什么，你说是他画的？净尘法师点点头说，他自己和我讲的。一开始他也不是有意造假，他喜欢你的画，临摹了一些。拿出去卖，有点恶作剧的意思，这一卖，一得意没收住手。白三猿放下茶杯说，这我倒是真没想到。净尘法师说，你没想到的事还有，邝慕云想把他临的画买回来。这事他不好出面，怕损你名声，辗转托了些人，到底还是没办成。白三猿说，自作自受。净尘法师说，好了，我们不谈他了，你也不喜欢说他，我们聊点别的吧。白三猿说，随先生的意思。

　　净尘法师问白三猿，你来西山寺这么多次，有没有发现什么特别的地方？白三猿仔细想了想，似乎并无特别之处。白三猿去过的寺庙不少，国内的名山古刹基本都去过，深山小庙也去过一些。西山寺的规模和名山古刹比不了，主体建筑大同小异，实在说不上什么特点。见白三猿为难的样子，净尘法师说，你别往建筑上想，往细里看。白三猿说，真想不出来。净尘法师说，你去山门看看。白三猿说，先生，你讲，就不看了。净尘法师说，你还是先去看看。白三猿出了禅房，一直走到山门，又走进来。这一路他看得仔细，连院子里种的花草都没放过。没什么特别的，中规中矩。进了禅房，净尘法师问，看出什么名堂了？白三猿摇摇头说，先生，你就别为难我了。净尘法师说，你看得还是不够仔细。白三猿笑道，难道你这西山寺还藏了什么宝贝？我看着破破落落的。净尘法师说，宝贝确实没有，你看到一条黑线没？白三猿说，什么黑线？净尘法师说，从进山门一直到大雄宝殿，中间有条大理石铺的黑线。白三猿说，你说这个，这个我看到了，没在意。净尘法师问，你在别的寺庙见过吗？白三猿说，那倒没有。净尘法师说，那就是了，所以说特别嘛。白三猿来了兴趣，这么说还有来历？净尘法师说，当然有，哪有平白无故的事情。白三猿说，说来听听。净尘法师说，我正要讲，这个故事我觉得还有些意思。

你知道，铁城建制至今差不多有近千年的历史。换到中原一带，建制时间说不上长，对岭南来说，却不算短。铁城建制之前，西山寺就在了，大约也还是这个位置，规模多大搞不清楚，总算是有了。到了明朝中后期，东南沿海一带倭患严重，戚继光将军打了好些年，算是把倭寇给打败了。相比较浙江、

福建一带，广东倭患没那么严重，但也是个麻烦事情。具体哪
一年说不清了，总之，倭寇打到了铁城。那时候铁城小，虽说
和广州近，也算不上什么重要的战略要地。再说，古代交通不
发达，不像现在架桥修路，又是高速又是轻轨，到广州要不了
一两个小时。那会儿，去一趟广州，对铁城人来说是件大事，
路上得花好几天工夫。倭寇打到铁城，把苏知县给急坏了，这
么小一个城，经不起打。对了，知县姓苏，具体叫什么我忘记
了，县志上有记载的，我不记得，就叫苏知县好了。刚听到倭
寇来的消息，苏知县害怕，他虽然没见过倭寇，传说却听了不
少，据说那是杀人如麻、奸杀淫掠无所不为。他把消息报到广
州，说倭寇要来，请求支援。上头回复，倭寇来了吗？苏知县说，
没来，听说要来了。上头说，没来那就是没事，不用管，等倭
寇真来了，再报上去。上头说，广州都是一头的包，哪里还管
得了铁城的事，你自己想办法。苏知县能想什么办法？铁城总
共没几个人，多半还是渔民，要组织抵抗简直是自寻死路。有
意思的是，这拨倭寇似乎很文明，除开偶尔出来抢抢东西，倒
也没干特别过分的事情。苏知县慢慢放下心了，抢就抢吧，只
要不杀人就行。过了两个月，倭寇托人带话给苏知县，说要和
苏知县谈谈。苏知县原本放下的心又悬上了，他不知道倭寇在
想什么。信使来回跑了几趟，约好了地方，就在西山寺。

　　据说那天，苏知县把整个县衙的人都带上了。倭寇来了三个人，领头的叫川上井，还有他两个副手。川上井能讲一口流利的汉话，如果不是发髻和腰间的长刀，走到铁城街上，说他是汉人，没人会怀疑。进了西山寺，川上井先拜了佛，才进禅房和苏知县谈判。见了苏知县，川上井鞠了个躬，苏知县一时不知该如何回礼，愣愣地站着，还是住持见心法师招呼众人坐下。喝了茶，川上井对苏知县说，铁城是个好地方。苏知县说，那也不是你们的地方。川上井说，如果不是没有办法，我们也不愿意做海盗。苏知县说，没有办法就能做强盗了？川上井说，我们要活下去。苏知县说，你们要活，也不能不让我们活。川上井说，自我到铁城，循规蹈矩，这你看得到。苏知县无语，他不敢把话说狠了。想了想，苏知县说，你到底想怎样？川上井说，我不想和你打，你也打不过我。苏知县硬着头皮说，我背后有朝廷。川上井说，朝廷顾不上你，就像没人顾得上我，我们都被抛弃了。苏知县说，我宁死也要守住这座城。川上井说，如果我来攻，你守不住。话说到这儿，气氛僵硬起来。见心法师点了根香，又泡了茶。沉默了一会儿，川上井说，我不过江。苏知县问，什么意思？川上井说，我不过江，你也不过江。这句话，苏知县听明白了。这几个月，苏知县提心吊胆，生怕川上井杀过来。川上井说，如果江北你不管，我就不进你的城。

苏知县半天没吭声，有句话他不能说，说出来是大罪。苏知县朝见心法师使了个眼色，法师，我去下茅房。见心法师对川上井说，施主小坐片刻，喝杯茶。说罢，带苏知县出了禅房。离禅房远了，苏知县对见心法师说，法师，他三个人。见心法师说，江北还有几百。苏知县想了想说，法师，那我先回了。送走苏知县，见心法师回了禅房，只见川上井双目微闭，盘腿坐在地上。见心法师说，苏知县回了。川上井睁开双眼说，麻烦法师了。见心法师说，施主请回吧。川上井站起身，深深鞠了一躬说，打扰法师了。临出禅房，川上井回头对见心法师说了句，法师，我信佛。见心法师双手合十说，阿弥陀佛。

和苏知县谈过后，铁城风平浪静。川上井驻扎在江北，他干什么，苏知县不知道，也不想知道。只要铁城市面上安稳，他懒得知道那些事情。民不容易，官也不好当，苏知县常常想，他这个官怕是在铁城当到头了。一到集市，铁城街上总有三三两两的倭寇，他们也来赶集买东西。铁城的百姓刚开始还有些害怕，生怕倭寇抢。时间长了，发现这些倭寇规矩，买东西按质给价，还算是有礼貌。买好东西，也不在铁城多作逗留，赶紧回了江北。苏知县偶尔在街上遇到倭寇，脸绷得铁青一块，自然不会和倭寇打招呼。倭寇见到苏知县，倒是侧身路旁，微微低头弯腰。

　　有天，见心法师正在禅房休息，小和尚进来说，师父，倭
寇来了。见心法师说，谁来了？小和尚说，上次来的那个倭寇。
见心法师问，他在哪儿？小和尚说，在山门口，想见见师父。
见心法师说，你领他进来。过了一会儿，小和尚领着川上井进
来了。见到见心法师，川上井说，打扰法师了。见心法师说，
你来做什么？川上井说，也没什么事情，想看看法师。见心法
师说，来都来了，坐吧。川上井穿着短衣，没有带刀，看起来
和铁城的渔民没什么两样。见心法师点了根香，给川上井泡了
杯茶。香味弥漫开来，禅房幽静，外面有断断续续的鸟声。从
禅房望出去，一排排的松树，龟甲似的树皮。铁城炎热，见心
法师穿着薄薄的僧衣。两人在茶台边对坐着。过了好一会儿，
川上井说，这香味沉稳。见心法师说，喜欢？川上井说，我们
的香道还是从你们这里传过去的。见心法师说，香是好香。川
上井说，法师，我想求你件事。见心法师说，你讲。川上井说，
上次临走我和你说过，我信佛。这些年一直在海上，日子过得
混乱。到铁城暂时安稳下来，我想时常来拜拜佛。见心法师说，
你来。川上井说，法师，你不嫌弃我？见心法师说，你们那些
俗事我不管，想拜佛你就来。川上井长吸了一口气说，这香让
我想出家礼佛了。见心法师笑了笑说，既然信佛，为什么做了
海盗？川上井说，因为穷。见心法师点点头说，哦，这样。又

问，你现在扎在江北，有什么想法？川上井说，不瞒大师，我想落地生根。见心法师说，这怕是难。川上井说，不试试怎么知道。见心法师说，虽说朝廷一时顾不上铁城，总有一天会来的。川上井说，我不打。见心法师说，到时怕是由不得你。川上井说，法师，今天我们不谈这个，谈谈佛，你们不是说人人都有佛性吗？见心法师看着川上井，长叹了一声。

禅房里点了香，还是原来的沉香。自古以来，铁城产香。在铁城外不远，有山，山里的沉香名扬四海。如今，自然凝结的香少了，几不可见，多是人工结香。净尘法师说，只有这香还是原来的香，别的都烟消云散了。白三猿说，先生，我不太明白，你给我讲这个故事是什么意思？净尘法师说，没什么意思，空坐着也是坐着，不如讲个故事。白三猿说，我总觉得你讲这个故事有深意，虽说还没听完。净尘法师说，那你是想多了，刚才我问你寺里有什么特别的，你也知道，是那条黑线。想知道来历吗？白三猿笑了起来说，你讲了半天还没有讲到，我还以为你把这个忘了。净尘法师说，哪里可能忘了。川上井后来时常来拜佛，久了，见心法师无所谓，苏知县不高兴了。他对见心法师说，法师，倭人时时进来，怕是不合适。见心法师说，我这里不分倭人和汉人。苏知县说，可铁城分。见心法师说，那是你们官家的事。苏知县说，倭人不得越界。苏知县让人在寺里铺了一条黑线，对见心法师说，法师，你告诉他，哪怕他进寺礼佛，也不得越界，不然，我打他。见心法师说，你怎么打？苏知县说，打不过也打，这是我的命。见心法师说，那倭人去集市怎么办？苏知县说，谁都能去，他不能。见心法师说，如此，也好。再见到川上井，见心法师指着黑线对川上井说，你不能越线。川上井问，这是法师的意思？见心法师说，你觉得呢？川上井盯着黑线看了半天说，法师，我明白了。川上井再来，只进北边。白三猿说，这也太自欺欺人了。净尘法师说，你这么想？白三猿说，区区一条线管什么用，苏知县也不能时时看着。净尘法师说，三猿，这你就想浅了。即使你把这条线拆了，它还在那里。看不看得见，它都在那里。白三猿说，一点小破事，兴师动众的。净尘法师说，我倒不这么想。川上井在江北待了两年。这两年，苏知县和川上井再没碰过头。他们都去西山寺。像是约好了一样，苏知县来，川上井不来。川上井来，则苏知县不来。有几次，见心法师陪川上井登上山顶，指着远处的伶仃洋说，你看，这江从那里进入伶仃洋。伶仃洋你知道吧？川上井说，我读过文山先生的诗。见心法师说，我忘了你也是读书人出身。川上井说，崖山不远吧？见心法师说，不远。山顶松涛阵阵，川上井的头发留起来了，像个汉人。他望着江北说，法师，你是恨我还是怕我？见心法师笑道，我为什么要怕你？川上井说，也是。

川上井到西山寺来，总是一个人，不带随从，见到见心法师，态度恭敬有加。他手下几百人，到铁城采买的也守规矩。本来，如果能一直这么下去，说不定过几年川上井就归顺了。川上井刚打过来时，苏知县无力抵抗，自然也没有让人归顺的资本。几年过去，川上井那帮手下过惯了安稳日子。铁城虽小，物产还算丰富，从古到今，没听说有过饿死人的时候。海盗干的是刀尖上舔血的买卖，也是为了混口饭吃。有一口安稳饭，谁想去当海盗呢？更何况，川上井手下不算多，想占山为王，可能性不大。等时机成熟了，川上井率众投降，归顺朝廷，自然是皆大欢喜。川上井落地生根，苏知县也立下了功劳。麻烦的是人算不如天算。当时铁城有个世家子弟，祖上都是当过官的，据说当得还挺大，一门三进士说的就是他们家。那人叫黄仲光，这个名字我记得清楚。用今天的话说，黄仲光算是个理想青年。倭寇打过来，苏知县认了，默默划定了界限。黄仲光不乐意了，泱泱中华，怎么能忍受一小股倭寇的欺凌？他一再找到苏知县，请求苏知县组织人马打过江北。用他的话说，虽死犹荣。找了几次，苏知县一言不发，不说好，也不说不行。见苏知县态度，黄仲光明白，苏知县是指望不上了。他组织了一帮乡民，想杀过江北去。操练了两三年，黄仲光觉得时机成熟

了，可以开打了。临行前，黄仲光又找到苏知县说，我要打到
江北去。苏知县说，你是个读书人，好好读书考功名才是正事。
黄仲光说，你作为铁城父母官，不羞愧吗？苏知县说，铁城天
下太平，我尽了责。黄仲光说，倭寇就在江北。苏知县说，我
已禀告朝廷。

　　出了县衙，黄仲光领着队伍过了江。那一仗，打了不到一
个时辰，四五百人，被川上井手下的武士砍瓜切菜一般杀了个
干净。尸体抛在江里，把江水都染红了，没捞起来的尸体顺着
江水流进伶仃洋，喂饱了鱼虾。那几日，铁城哭声震天，全城
素缟。黄仲光战败的消息很快传到了苏知县耳朵里，他躲在县
衙里不敢出门。过了几天，川上井托人传话过来，我说过我不
过江，你也不过江，这事怪不得我。又说，黄仲光在我手里，
要人的话，过江来谈。其他人苏知县可以不理，黄仲光不理不
行。那是世家，黄家的门生弟子，想捏死苏知县不过像拍死只
苍蝇。苏知县无奈之下，只得找到见心法师说，法师，恐怕得
麻烦你过一次江。见心法师说，为什么是我？苏知县说，我不
能过江。见心法师说，那你可以叫别人。苏知县说，谁都没有
法师合适。见心法师叹了口气说，这几百人的命，白送了。当
天下午，见心法师去了江北。见到川上井，见心法师发现，川
上井原本留起来的头发剃掉了，挽起了发髻。他腰间配着长

刀。把见心法师迎进屋，奉上茶，川上井说，我猜到法师会来。见心法师说，我佛慈悲。川上井说，法师，我没有越界。见心法师说，人都死了，说这个有什么用，你把活着的放了。川上井说，只有一个活的。见心法师说，一个？川上井说，一个。见心法师说，打仗也没有这么干净。川上井说，都杀了。见心法师说，我想看看人。川上井把见心法师带到一所房子前说，法师自己看去。房子前面站了四个人，守卫给见心法师开了门，黄仲光披头散发地坐在屋里。见心法师问了句，你就是黄仲光？黄仲光没应声。见心法师转身出了屋对川上井说，你把人放了。川上井说，我要一千斤水沉香。见心法师说，你还想当强盗吗？川上井重复了一次，我要一千斤水沉香。川上井给见心法师深鞠一躬说，法师，如果没有其他的事，请回吧。

过了江，见心法师把话带给苏知县。苏知县去了黄家，除开带话，他应承黄家，发动全铁城的人马去找水沉香。沉香铁城有，水沉香少。找了半个月，找了五百斤。再想找，难了。苏知县硬着头皮对见心法师说，法师，只有五百斤。见心法师说，五百斤就五百斤吧，总比没有好些。又去了江北，见心法师对川上井说，全铁城恐怕只剩下这五百斤水沉香了。川上井说，那我不管，一千斤，一两都不能少。见心法师说，你扣着个人也没有什么用处。川上井说，那不见得，有他在我多一张牌。见心法师说，这么说你是故意的了？川上井说，人不为难我，我不为难人。川上井把见心法师送到江边说，法师，以后我恐怕是不能去西山寺了，这条江太宽了，我越不过去。江水荡漾，对面的西山寺隐隐可见一角。川上井每天都能听见西山寺的晨钟暮鼓。这让川上井想起他的童年，他是听着寺庙的钟鼓声长大的。即使在海上，他耳边还有或清幽或深沉的钟鼓声。

　　刚听到邝慕云卖画的消息，白三猿还不信。邝慕云不缺钱，至少不缺卖画的那点钱。和邝慕云一起吃饭，白三猿特意注意了邝慕云的表情，平淡自然。和白三猿说话，还是往日的语气，不像做了亏心事的样子。白三猿想问邝慕云是不是卖画了，终究还是问不出口。按常理说，画卖出去了，这画和他就没什么关系了。邝慕云给了钱。如果是送的，责问讽刺几句，倒是情理之中。画卖得越来越多，白三猿听到的消息复杂起来。他坐不住了。不找邝慕云问清楚，他过不安宁。据白三猿收到的消息，邝慕云卖的画远远超过在他这里买的画，这就有问题了。卖他的画，他还能接受。造他的假画，这就不能忍了。白三猿打电话给邝慕云，邝慕云不接；给他发信息，不回。白三猿只得找上门去，邝慕云避而不见。他到底躲在哪里，白三猿不知道，他也不能像个土匪一样在人家公司里撒泼。他还做不出来。

白三猿在邝慕云公司门口坐了三天，想把邝慕云堵住。公司车来人往，白三猿眼睛都酸了，还是没看到人。他自己都笑了，这真是个蠢办法。白三猿对净尘法师说，一想起来我自己都想笑，还去堵人家门，真是辱没斯文。净尘法师说，那你还去？白三猿说，谁还没有个急眼的时候。净尘法师笑了起来，别人我不奇怪，你白三猿也这样，倒是让我意外。白三猿说，我也是个俗人，不像先生，不关心世间事。净尘法师说，虽然我坐在禅房里，世间该有的事，我这儿一件不少，不同的不外乎是个心境。白三猿说，先生，我告诉你个事儿。净尘法师说，你讲。白三猿喝了口茶，其实，我收到过一次画儿。净尘法师说，谁的？白三猿说，当时不知道，不过，刚才你一讲，我知道了。净尘法师说，有话快说，别卖关子。白三猿说，我找了邝慕云好久，没找到人。有天，我收到了一卷画，大概有七八张。打开一看，吓了一跳，都是仿的我的画。要不仔细看，我都怀疑我是不是画过这些画儿。说真的，画得挺好，要是盖上名章，说是我的，没人会怀疑。净尘法师说，你怎么知道不是你画的？说不定你忘了。白三猿笑了起来说，先生，我再糊涂，自己画的画还是记得的。每个画家都有自己的习惯，这些小习惯，仿不出来。再说了，我画的两只小猿，从来都是一公一母。这些画儿，有的不是。净尘法师说，这么说，必是仿造无疑。白三猿说，我当时还在想，这是谁把仿我的画儿寄给我了，挑衅吗？现在知道了，邝慕云画的。净尘法师说，你怎么想？白三猿说，我愿意往好处想。净尘法师说，怎么叫好处？白三猿说，先生又装糊涂了，你明明知道我的意思。净尘法师说，都是要面子的人，事情这样可以了。白三猿说，算了，这一页把它翻过去了。净尘法师说，这就对了。那我接着讲故事，还没完。

　　说来也是奇怪，过了大半个月，黄仲光回来了。什么时候回来的，除开他家人，别人怕是没办法知道。反正，他回来了。等黄仲光出门，铁城沸腾了，都在说黄仲光回来了。有人找到他家，要他赔偿，人是跟着他去江北死的，不能白死了。黄仲光也算条汉子，卖田卖地，尽量安抚。等消停下来，他家剩下的只有宅子和几亩薄田。这都不算什么。跟黄仲光一起回来的，还有一个女人。这女人长得眉清目秀，白白净净，见人柔柔顺顺的，轻声细语，和岭南女子大不一样。后来，有人说，这是倭寇的女人，黄仲光也不解释。女人几乎不出门，整天待在家里。见过女人的人说，那不是我们铁城的人。大约过了两个月，见心法师接待了一个黑衣人，等黑衣人走了，夜里，川上井来了，在禅房坐下，川上井脸色憔悴。见心法师说，你还是来了。川上井说，我不能不来。见心法师说，你来做什么？川上井说，法师，我今晚能不能在你这里过夜？见心法师说，你从未在我这里过夜。川上井说，我夜里来的，不能夜里走。烛光跳跃，扑火的飞蛾一只一只。见心法师摆了摆手，把飞蛾赶开。他对川上井说，你吃过饭没？川上井说，吃过了。见心法师说，你趁夜里回去，我当你没来过。川上井说，我还是来了。见心法师问，为了一个女人？川上井说，那是我的侍妾，跟了我八年，海上地上。见心法师说，你这条命活到今天不容易。川上井说，你们有句话，士可杀不可辱，他侮辱了我。见心法师问，天亮了你去哪里？川上井说，黄家。见心法师又问，你晚上能睡得安生？川上井说，我坐禅。见心法师把禅房的窗推开，正是满天的星月，禅院里虫声唧唧，天空云色如海。

　　第二天一早，川上井出了西山寺。站在西山寺山门口，川上井长鞠一躬，接着双手合十，额头触地。见心法师站在黑线中央，看着川上井，转身回了禅房。西山寺的钟声恰到好处地响了起来。川上井穿着武士袍，腰胯长刀，发髻挽起，缓缓走在铁城的街道上，他走得很慢，像是怕踩死路上的蚂蚁。走到酒馆门口，川上井进去坐下，要了一碗酒，清亮的米酒。他的位置靠窗，走过的人指指点点地看着他，没有人敢走近。那一碗酒，川上井喝了大半个时辰，他似乎很长时间没有喝酒了。太阳升到了半山，街道上明晃晃的，刀子一般。早有人跑去了黄家，告诉黄仲光，倭寇来了，正在街上喝酒。喝完酒，给过钱，川上井往黄仲光家走。一群人远远地跟在川上井后面，又害怕又兴奋的样子。到了黄仲光家门口，大门紧闭。川上井面对黄家的大门，站住，不叩门，不后退，树一样站着。大约过了个把时辰，门开了，黄仲光站在门口说，你来干什么？川上井说，你让她出来。黄仲光说，她不会见你的。川上井说，那我等。黄仲光说，你什么都等不到。川上井说，我等她出来和我说话。黄仲光说，愿意等你等，她不会出来。说罢，关上门。川上井盘腿坐了下来，双目微闭，大热的太阳，他头上油光闪亮。围观的人群散去。

那天，川上井没等来女人，黄家的门也没再打开。他等来了苏知县。苏知县说，你说过，你不过江，我也不过江。现在，你过江了。川上井望着苏知县说，我过江了。苏知县说，我得拿你。川上井站起身说，我跟你走。苏知县把川上井关进牢里。苏知县问川上井，你可有话说？川上井摇头。苏知县说，你杀了我五百子民。川上井说，他们不该过江。苏知县说，你杀了人，你在铁城杀了人，我必须拿你。川上井说，我在牢里。苏知县说，你会死。川上井闭上眼睛，盘腿坐着，像是没听见苏知县的话。隔了几天，铁城贴出告示，说是抓住了倭寇首领，择日问斩。告示贴出去，苏知县有些惶惶，他怕江北的倭寇会攻过来。意外的是，江北一片寂静。那片寂静，让苏知县愈发不安。

告示贴出来第二天，见心法师见了一位客人，和客人一起来的还有一个女人。见到客人，见心法师又长叹了口气。客人说，法师，我们在江北见过。见心法师说，我知道你会来的。黄仲光说，我不想来，可不得不来。女人开口说话了，法师，求你救救他。见心法师看了女人一眼，果然如传说中的清秀，眉眼间却透露出寻常女子没有的英气。见心法师对黄仲光说，你不该过江。黄仲光说，法师，事已至此，还请法师想想办法。女子说，法师，要怪怪我，我不该过江。见心法师说，你们回去吧。黄仲光还想说点什么，女子拉了拉黄仲光的衣角说，我们走吧。说罢，弯腰对见心法师说，法师，打扰您了。等二人出了禅房，见心法师想了想川上井那张脸，还有他腰间的长刀。

听到衙役通报时，苏知县正在院子里喝茶。院子一角种了芭蕉，开得正灿烂。苏知县进士出身，写得一手好字，也画几笔。他喜欢芭蕉，茎叶简洁，害怕有什么多余了似的。花开到顶上，却没点自骄的味道。把见心法师迎进来，苏知县吩咐下人泡茶，用今春最好的茶叶。苏知县对见心法师说，也只有一杯清茶款待法师了。见心法师说，出家人，有一杯茶已是大享受。苏知县说，这是法师第一次到我这里来。见心法师说，出家人本就不该见官。苏知县说，法师这是有事了。茶端了上来，见心法师喝了一口说，真是好茶，比我山上的强了百倍。苏知

县说，法师过奖了，不过是一口茶。见心法师放下茶杯说，你
该知道我来是为什么。苏知县说，知道。见心法师说，我听说
你要杀他？苏知县说，他杀了人。见心法师说，你不怕江北的
倭人杀过来？苏知县说，怕，但职责所在，怕也得杀。见心法
师说，恐怕不是这么简单。苏知县说，法师为什么这么讲？见
心法师说，我听说朝廷的兵很快要来了。苏知县说，法师的消
息倒是灵通得很。见心法师说，朝廷的兵两三天到不了铁城，
江北杀过来，要不了一个时辰。苏知县脸色暗了。见心法师说，
你把人给我，还来得及。苏知县说，告示都贴出去了。见心法
师说，铁城这么多人命，还抵不过一张告示？苏知县说，那他
也不能这么走了，我不好交代。见心法师说，我带他上山落发。
苏知县抬头望了望天，瓦蓝一片。朝廷的兵还在路上，再过几
天就要到了。

　　见到川上井时天已经黑了。见心法师去了牢房，川上井盘
腿坐在地上。牢房黑漆漆的，火光一闪一闪，川上井的脸跟着
一明一暗。见心法师站在牢房门外说，我来带你走。川上井缓
缓站起来说，法师，为难你了。见心法师说，你不能回江北。
川上井说，我回不了江北。见心法师说，你随我去西山寺，明
天我给你剃度，你可愿意？川上井走出牢房，站在见心法师旁
边。见心法师对苏知县说，那我带他走了。走出县衙，铁城街

上寂静无声。已是深夜，偶尔有猫狗的叫声。天上挂着一轮下弦月，弯如钩戈。走到西山寺山门，川上井跪了下来，磕了三个头。站起来后，川上井问，法师，今天我走哪边？见心法师说，你爱走哪边走哪边。川上井望着那条黑线，把脚放进了北边。进了禅院，川上井对见心法师说，法师，我好多年没见过这么安静的夜晚了。见心法师说，清风过山冈。川上井说，法师，我想一个人坐一会儿。见心法师说，那我先回房了。川上井问了句，法师，你不怕我跑了？见心法师说，你要跑，我能拦得住你？川上井在禅院坐了一夜。早上起来，见心法师看到川上井头发上沾了雾水。他双目微闭，死了一般。

给川上井剃度，苏知县也在场。等川上井穿上僧衣，苏知县走了。入夜，川上井睡了。大约二更天，川上井醒了，他听到有人推门进来。川上井坐起来，借着月光，他看清是见心法师。见心法师说，睡不着？川上井说，从没睡得这么好。见心法师说，你睡得浅，还是心里有事。川上井说，多年的习惯，有点风吹草动，睡得再沉，也能醒。见心法师说，我送你走。川上井说，法师，你要送我去哪里？见心法师说，你回江北，带着你的人离开铁城。川上井说，多谢法师。说罢，把随身的长刀交给见心法师说，法师，这把刀送你。见心法师说，我是出家人，用不上。川上井说，这刀杀了不少人，放在你这里，给它消消孽。见心法师说，我送你到江边。从西山寺到江边，不过五里的路程，两个人走到天快亮了。到了江边，川上井说，法师，你回吧。见心法师说，我看你过江。川上井说，法师，你还是回吧。你看着，我过不了江。见心法师说，那好，我就不送了。川上井说，法师，保重。川上井转过身，在江边坐下。见心法师看了看川上井，回了西山寺。回到西山寺，见心法师上了山顶，他看到一个黑影坐在江边，一动不动，像是一枚钉子。上午看，他在。下午再看，他还在。见心法师带着两个小和尚去了江边。他看到一摊血、一把短刀，川上井的腹部切开，人像青蛙一样蹲着。把人抬回西山寺，见心法师派了两个小和尚去铁城。一个去县衙，一个去黄家。很快，苏知县来了，黄仲光和女人也来了。他们来时，见心法师已把川上井清理干净。他躺在木板上，神态安详，像是回到了家里。

净尘法师说，川上井死后，江北的倭寇散了。从此，铁城的倭寇绝迹。白三猿说，那女子后来怎样？净尘法师说，你猜。白三猿说，这个猜不透，日本人行事，我们猜不出来。净尘法师说，送完川上井，她投了江。白三猿说，哦，这样。净尘法师说，倒是黄仲光结局还不错，后来中了进士，当了大官，据说差点入阁做了阁老。白三猿说，这他妈的。净尘法师说，怎么，觉得不妥？白三猿说，也没觉得不妥，有点感慨。净尘法师说，喝了一下午茶，要不要吃点东西？白三猿笑了起来，你们出家人不是过午不食吗？净尘法师说，那是以前的规矩，现在守得没那么严了。西山寺你也看到了，破破落落一个地方，要是规矩再严起来，怕是一个人都没有了。白三猿说，你还担心这个？净尘禅师说，俗世该有的，这里一点不缺，不过是心态不同罢了。西山寺的桂花糕和杏仁饼不错，你吃过没有？白三猿说，先生这是笑话我了，在铁城这么多年，没吃过桂花糕和杏仁饼，还能算是铁城人吗？净尘法师说，我说的是西山寺的桂花糕和杏仁饼。白三猿说，那还真没有，你不知道你这个人小气，每次来顶多一杯茶，哪里舍得上点心。净尘法师说，那今天给你上两碟。茶点上来了，白三猿吃了块桂花糕，又吃了块杏仁饼，净尘法师问，怎样？白三猿说，好，你们出家人也是蛮会享受的。净尘法师说，出家人有时间，做事情用心些。

用完茶点，净尘法师说，三猿，我有点东西想给你看。白三猿说，什么东西？净尘法师说，先说你想不想看。白三猿说，想不到先生还藏了宝贝。净尘法师说，宝贝说不上，想给你看看。白三猿说，先生肯给看，我还有什么不愿意的。听白三猿说完，净尘法师起身，从书案下方拿出一卷画说，你看看这些画怎样？白三猿放下杯子说，先生什么时候也玩起收藏了？净尘法师说，收藏说不上，看着倒是欢喜。说完，把画展开。白三猿走到书案旁边，一看画，脸色一变。净尘法师问，你觉得怎样？白三猿说，没想到你让我看这个。画案上的画，白三猿熟悉，三只猿。那不是他画的。净尘法师说，你看看。白三猿说，先生，你这是故意的了，明知道我不想看到他的画。净尘法师说，你要说是故意，也行。我想让你看看这画怎样。白三猿说，画是好画，毕竟不合适。净尘法师说，你看看名章。白三猿看了一眼，名章上四个字"慕云居士"。他笑了起来说，他都居士了。净尘法师说，前几天邝慕云来过我这儿，拿了这些画来。他说，以后他再也不画画了。白三猿说，他真这么说？我不信。净尘法师说，我是个出家人，我的话你都不信，那你还能信谁。白三猿说，他要是真不画了，倒也有点可惜。他要是再画这些，我心里又不舒服。净尘法师说，要不，我把这些画送给你，你爱怎么处理怎么处理。白三猿说，他送给你的画，怎么好再送我。净尘法师说，他送给我，就是我的了，我怎么处理，和他有什么关系？白三猿说，话是这么讲，还是不合适。净尘法师说，那我烧了吧，省得你看了心里堵得很。说罢，伸手去拿打火机。白三猿连忙拦住净尘法师说，别，烧了可惜了。净尘法师说，那怎么办？以后你到我这里来，想到我这里藏有邝慕云的画，心里也不舒服。白三猿说，他要是好好画，也是个人才，何必仿我的画呢。净尘法师说，他可能也只是一时兴起，没想那么多。白三猿说，那也不能越线。净尘法师说，你心里这条线，倒比寺里这条线还深。

　　用过了下午茶，又聊了一会儿，到了晚饭时间。净尘法师说，我就不留你了。白三猿说，我也该下山回去了，耽误了先生大半天时间。净尘法师说，我倒无所谓，你肯在我这儿浪费时间，算得上缘分。想了想，白三猿对净尘法师说，先生，麻烦你打个电话给邝慕云，说我想找他喝酒。净尘法师说，今天？白三猿点点头说，下山就去。净尘法师说，你为什么不自己打电话给他？白三猿说，我打给他他不接。净尘法师说，还准备找他理论？白三猿说，不理论。净尘法师说，我怕你们打起来。白三猿说，放心，不会。净尘法师说，那你找他干什么？白三猿说，喝酒。净尘法师说，就喝酒？白三猿说，就喝酒。

　　出了禅房，白三猿看到了那条黑线，他踩着黑线往山门走，不南不北。他腰身挺拔，脚步轻快，看起来像一个威风凛凛的武士。